恋物物语

（日）
松浦弥太郎

叶韦利 译

新星出版社 NEW STAR PRESS

新经典文化股份有限公司
www.readinglife.com
出 品

前言

前一阵子七十二岁的母亲生了一场大病，必须动手术。手术前三天，全家人都陪着得到院方许可暂时在家休养的母亲。手术要将母亲的声带全部切除，所以，那是我们能跟她长聊的最后一天。

坐车送母亲回医院的途中，坐在她旁边的我始终紧紧握着她的手。我默默想着，有多久没这样握过妈妈的手了？母亲的手又小又软，回握的力气很微弱。道别时她微笑着对我说："谢谢你。我会加油，没事的。"我好希望能多握一握妈妈的手，多给她些温暖。

偶尔我会想，想自己临死的样子，会怎样面对死亡。简单说，我想直到最后一刻都能率性而为。

哪里都好，只希望那时能有人陪在身边，哪怕只有一个人，他会轻轻握着我的手直到我没了气息。我想在他人掌心温度的包裹中平静地睡去。老实说，如果最后一刻是女儿握着我的手，这样走完人生将是无上的幸福吧！

每个人表达爱的方式都不同，无法一概而论。对我而言，"爱"的唯一表达就是牵起对方的手，慢慢握紧对方的手。这么说可能未必恰当，但我希望自己紧握的手，能带给对方温暖。想时刻温暖对方的心意，对我来说就是"我爱你"。

就像偶尔搞不清自己究竟爱不爱某个人时，不妨问问自己，是不是打从心底想用自己的手去温暖对方的手。即便能对一个人很好，甚至一时冲动拥抱他，但不是真正的爱，就无法紧握着他的手给他温暖。对我来说，真心握住一个人的手温暖他，就是爱一个人最极致最无私的表现。

"爱"就是握着手给对方温暖，这么说或许听来不太郑重，但为一个人做自己喜欢的事，不就是一种爱的表现吗？这么说来，己所不欲勿施于人也是爱。

《恋物物语》这本随笔集，记录的都是自己每天反复把玩的身边小物，以及我与它们的故事。

关于"爱"，我虽说不出口，却希望大家能感受到我努力想要传达的情意。

松浦弥太郎

目 录

前言 / 1

001　荒木蓬莱堂的轮饰 / 10

002　Bar Radio 的笔 / 12

003　多用途方巾 / 14

004　Immuneol 与 Uka 护甲油 / 16

005　《雾中的马戏团》/ 18

006　"鸣门"与"宇治之友"/ 20

007　理容米仓的耳掏 / 22

008　Astier de Villatte / 24

009　富乐绅的眼镜蛇鞋 / 26

010　店家名片 / 28

011　山葡萄藤篮 / 30

012　朋友一样盛放的花朵 / 32

013　笑容 / 34

014　minä perhonen piece, 的靠垫 / 36

015　得力牌烤面包机 / 38

016　*The Sound of Things* / 40

017　银色骑警勋章 / 42

018　长谷川真美的汤匙（2）/ 44

019　奥图蓝吉的健康谷片 / 46

020　梅好的京都风散寿司 / 48

021　Le Savon de Marseille / 52

022　嘉莉娜寄来的书 / 54

023　汉斯·瓦格纳的 Y 字椅 / 56

024　Hofer 的提洛尔外套 / 58

025　Arts & Science 的火柴 / 60

026　渡边木工的面包盘 / 62

027　梦幻的 *Portfolio* / 64

028　蓝道夫的飞行员墨镜 / 66

029　露西·黎的水瓶 / 68

030　迪克森牌的三角铅笔 / 70

031　爱立信的 Ericofon / 72

032　旧金山的 Zo Bags / 74

033　竹叶卷拔毛寿司 / 76

034　昂蒂·诺米斯耐米的茶壶 / 78

035　Filofax 笔记本 / 80

036　克莱曼婷·杜普雷的小碗 / 82

037　博利纳斯与布劳提根 / 84

038　日田市的"目笼" / 86

039　Kern 的 Macro Switar 镜头 / 88

040　鲁斯 / 90

041　玛格丽特·霍威尔的麻质衬衫 / 94

042　彼得 & 唐娜·托马斯 / 96

043　胡桃的回忆 / 98

044　微笑饼干罐 / 100

045　中岛乔治的休闲扶手椅 / 102

046　Le Vésuve 的将临圈 / 104

047　伦敦西瑟巷买的喷火式战斗机 / 106

048　彼得·马克思的挂钟 / 108

049　新美南吉的《小狐狸阿权》 / 110

050　茂助糯米丸子 / 112

051　劳力士的 Explorer / 114

052　Bush 收音机 / 116

053　巴斯克亚麻布 / 118

054　立花英久的塑像 / 120

055　*Tamiya News* / 122

056　M8 & Summilux 35mmfi.4.ASPH / 124

057　永井宏的马口铁雕塑 / 126

058　恩佐·马利的 *The Fable Game* / 128

059　茶具组 / 130

060　F.A. MacCluer 的格子棉衬衫 / 132

061　两颗石头 / 136

062　松田美乃滋 / 138

063　佩吉·约翰逊与 3WW / 140

064　德龙的蒸汽熨斗 / 142

065　移动书店 / 144

066　《国王的背影》/ 146

067　内藤美弥子的白色小屋 / 148

068　Square Mile Coffee Roasters / 150

069　汤姆·布朗的衬衫 / 152

070　春日竹鹿 / 154

071　Adie Bell / 156

072　浦松佐美太郎的《一个人在山头》/ 158

073　青柳纹瓷盘 / 160

074　惠比寿大神 / 162

075　丽莎·拉森的花瓶 / 164

076　Who is BOZO TEXINO?/ 166

077　高村山庄的松果 / 168

078　RIMOWA 的经典款 TOPAS / 170

079　再生针织连指手套 / 172

080　成田理俊的烛台 / 174

081　ANDRE BOYER 的牛轧糖 / 178

082　马克杯 / 180

083　*Henri's Walk to Paris*/ 182

084　竹虎堂的茶壶 / 184

085　编织椅垫 / 186

086　M.萨塞克的旅行绘本"This Is..."系列 / 188

087　"坂口米果店"的京锦礼盒 / 190

088 Walter Bosse 的蛋架 / 192

089 HAWS 的洒水壶 / 194

090 祖鲁族的篮子 / 196

091 阿克曼夫妇的小碗 / 198

092 法兰克的登山靴 / 200

093 *Goodbye Picasso* / 202

094 立松和平先生 / 204

095 78 年式保时捷 911SC / 206

096 金惠贞的餐具 / 208

097 午餐袋 / 210

098 有次的桐木柴鱼刨刀 / 212

099 年表笔记 / 214

100 《从巴黎展开的旅程》/ 216

购物资讯 / 218

001 荒木蓬莱堂的轮饰

沉思自问时,也许不必急着找出答案,最好就让这个疑问留在心里照旧过日子。而后问题会慢慢渗透、投射在自己心中,会逐渐深入,在不知不觉间改变着我们看待事物及世界的角度。找不到答案,也没关系。

最重要的是,在心中长久地保留这个问题,不知不觉中答案便会悄然浮显,或许就在某一天了然于心,也可能那一天永远不会来。对每个人来说,人生都是这样,我想一定是。

德国诗人里尔克曾留下这样一句名言:"发问即是苦恼。"里尔克激励了心中满是苦恼的我。

工作伙伴在我生日时送了大阪"荒木蓬莱堂"的轮饰给我,这间铺子创立于一八七五年,是家贩卖日本传统庆典、仪式相关的手工吉祥物的老字号。特别订制的这只轮饰编织成环的绳子上,垂吊着一串切成小块的红白色年糕,叫作"饼花",只要每次许愿实现,就可以吃上一块算是庆祝。

收到后我立刻把它挂在房间里,用来驱除邪气,希望改变一下气氛,而这只轮饰也在每天鼓励着我。

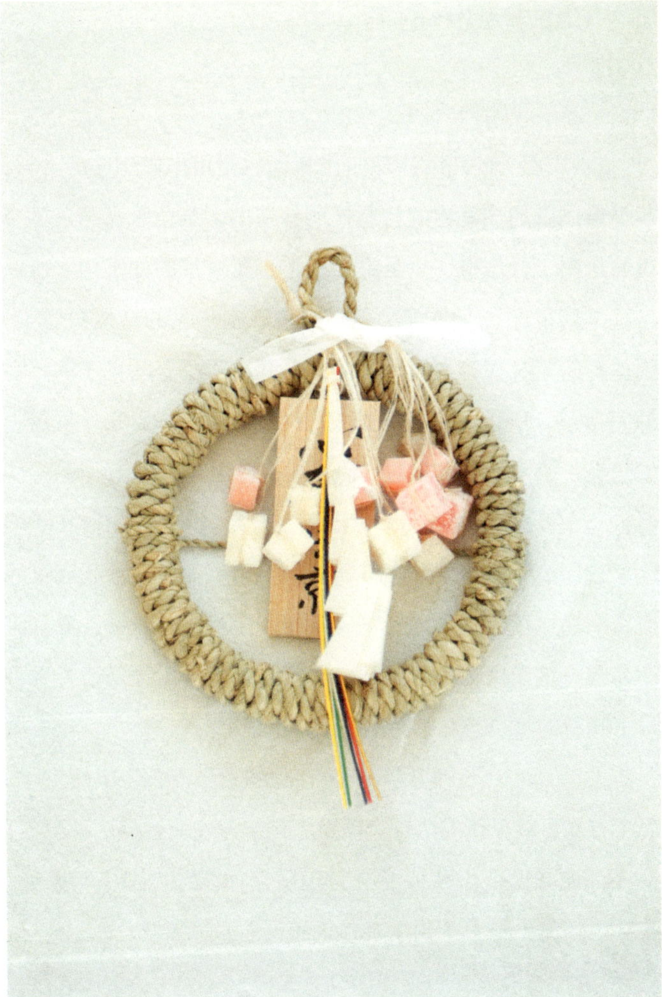

002 Bar Radio 的笔

"木质部分的白欧石楠叫作 briar，是用来做烟斗的木材。我委请以做烟斗著称的柘制作所打造的。茶色跟深茶色笔身用的是同一种木材，只是最后一个步骤浸泡的油不同，所以呈现不同的颜色。硬橡胶已经是现在很少见的合成树脂了。圆柱形的笔身很容易滚动，我有好几支不小心从桌子滚落后都完蛋了，所以使用时请特别小心。"某天，我意外收到一件包裹，读完附在里头的信，我兴奋得用双手捂住眼睛。

二十五年前的某天，我经朋友介绍认识了"Bar Radio"这家餐厅酒吧的店主尾崎浩司。当时尾崎先生送给我店里的周边商品原子笔跟自动铅笔，我当作宝贝十分珍惜。岁月流逝，我将这段回忆写成文章，尾崎先生看到后又以读者身份送了我新的笔当作礼物。

关于 Bar Radio 的尾崎先生，他的美学观念、生活哲学、思考方式、对工作的热忱，以及怎样学习才能达到这种境界，至今都让我像个小辈似的擅自追随着他，一点都不夸张啊。我从尾崎先生身上学到了日本人美好的心境。

"请将这份美好的工作继续下去吧。"看着信末的这句话，我也在心里坚定地许下了承诺。

13

003 多用途方巾

在美国遇到的女性，举手投足间都气场十足。我在旧金山迷路时，向路过的女性问路，结果她冷不丁就从口袋里掏出一把刀子，然后蹲在路边在柏油路上划道，告诉我要怎么走。

我在自然史博物馆巧遇一名女性，攀谈后一拍即合，当我们在中央公园散步打算在草地小坐时，她立即把脖子上的方巾松开铺展在地上说："来，请坐吧。"因为刀子和方巾都是带点男性化的小物品，才更让我感到惊讶。只想赞叹真是帅气啊。

当然我还不至于随身带着一把刀，但那之后我外出时也会围上一条方巾。不知道是不是方巾不够长，每次只能打一个小小的结，看起来像海军似的，特别滑稽。我也希望有一天能帅气地拆下方巾跟对方说"来，请坐吧"。不过至今还没遇到施展的机会。

大约十年前，旧金山的联合广场一带开了Levi's的分店，店里有卖六十年代多用途方巾那种古董商品，这下看起来就不像海军了，我开心地买了下来。这条方巾的大小相当于用三条拼起来，每年入秋开始直到来年春天我都爱不释手。

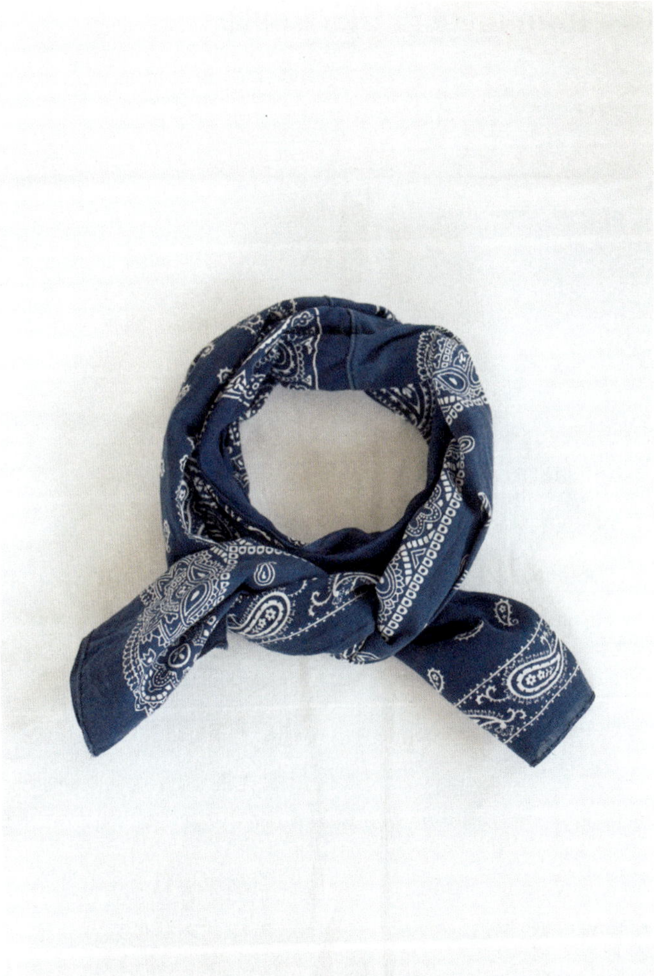

004 Immuneol 与 Uka 护甲油

以前我会随身带一瓶精油，想提振精神时就闻一下或在手帕上滴一滴。某次在一个有观众的谈话现场，虽然跟平常没什么两样，但在休息室等候时我很紧张。这时，同台一名熟识的料理专家看不下去了。"把手伸出来，"他拿出一只小瓶子，倒了两三滴香气怡人的精油在我手上，"抹在脖子跟肩膀上，就可以消除紧张感哦。"那瓶精油是用多种药草香草调和制成的，那种均衡的舒适香气，让我大为惊艳。这就是现在我生活中不可或缺的 Immuneol（图左）。

Immuneol 在比利时是医院也会使用的处方药用精油，不仅可以放松身心，感冒、身体状态欠佳时也很见效。那种舒畅感有助于缓解头痛和肩颈酸痛，最棒的是精油散发的阵阵香气，让人安神静心。

除了 Immuneol，另一瓶我会随身携带的就是 Uka 护甲油（图右），它原本是用来修护指甲的，但因为有香气，当成按摩油或古龙水也很合适。当初朋友知道我有早上用乳液按摩的习惯，就送了我这个。虽然没什么直接的联系，但送朋友礼物时我通常也是从这两件中挑一样。

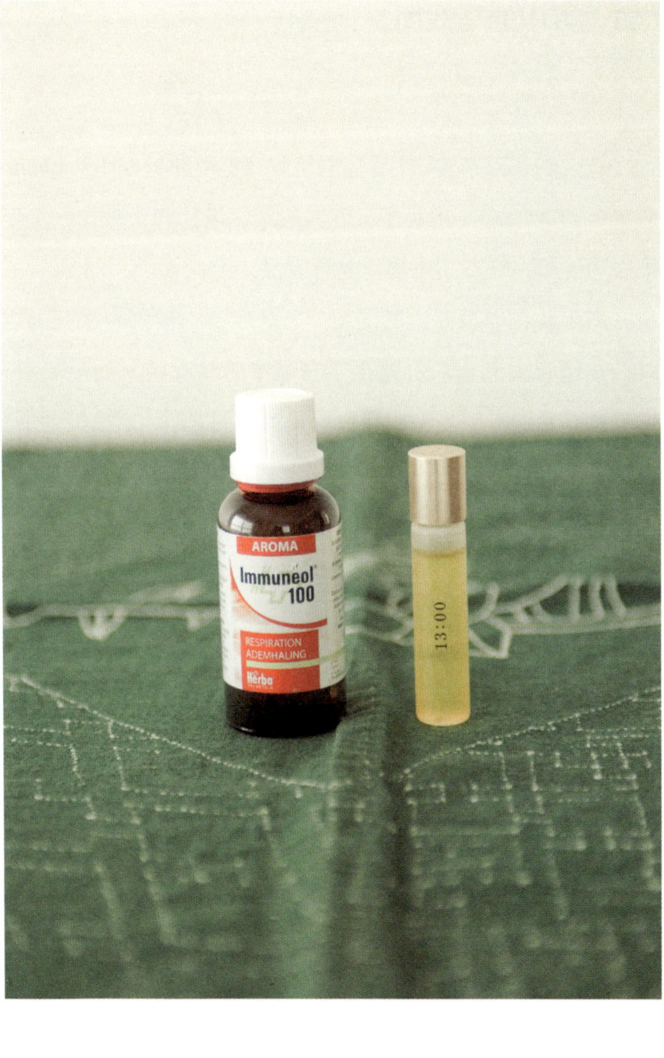
AROMA
Immuneol 100
RESPIRATION
ADEMHALING
13:00

005《雾中的马戏团》

意大利作家布鲁诺·莫那的绘本《雾中的马戏团》(*Nella Nebbia di Milano*)出版于一九六八年,堪称其代表作,多年来因为绝版,在二手书界算是稀有品。

当年我在赤坂旁边的陡坡"三分坂"一带第一次开书店时,知道意大利出版社推出了《雾中的马戏团》的复刻版,便赶紧联系购入。复刻版和原版尺寸相同,是一本很美的书。

后来 BRUTUS 杂志的专栏文章在介绍我的书店时也提到了布鲁诺·莫那的复刻绘本,结果杂志发行后的三个月里有接不完的洽询来电,几乎都希望邮购这本书。即便紧急向意大利出版社追加订购,来电求购的读者仍不断增加应接不暇。对一间刚开张的书店来说,看到每天那一大摞邮购的挂号信,实在是令人欣慰。我的书店就是托了布鲁诺·莫那《雾中的马戏团》的福才能踏出一大步。没有这本书,大概也没有现在的我。

最初,我在手边留了一本做样书,如今每次翻开,都会有新的感动与发现。

Nella Nebbia di Milano / Bruno Munari / Corraini / 1996 年

006 "鸣门"与"宇治之友"

每次，光是看着米果店里放米果或颗粒状小米果"霰饼"的玻璃橱柜就很开心。为今天买哪种伤透脑筋，或是想象那些充满诗意的名字会是什么味道，不知不觉连时间都忘了。

以前，路上一定会有家称重贩卖的米果店，小时候最兴奋的是，跟爸妈去买东西时店里的阿姨总会给我一两个试吃。

第一次去九段一口坂的"坂口米果店"买东西时，我整个人就像做梦似的飘飘然。店内的霰饼大概有五十种口味，放在玻璃橱柜里宛如珠宝。也许听起来会觉得我小题大做，但事实真是如此。那些米果看着真是太美味了，让人恨不得从头到尾每种口味都尝一尝。

我花了一段时间细细比较过各种口味，现在每次必买的是"鸣门"和"宇治之友"。鸣门是美味的酱油口味，带着一圈绿色旋涡，而被甜抹茶层层包裹的酱油口味的宇治之友，则是出游时不可或缺的良伴。

买霰饼时，我习惯每种口味买个一百克。店家用小铲子从玻璃橱柜里盛起倒进袋子里，那"刷刷刷"的声音太幸福了。

霰饼配煎茶刚好。每次在回家路上想象着静下心沏壶煎茶、享用霰饼，嘴角就忍不住泛起微笑。

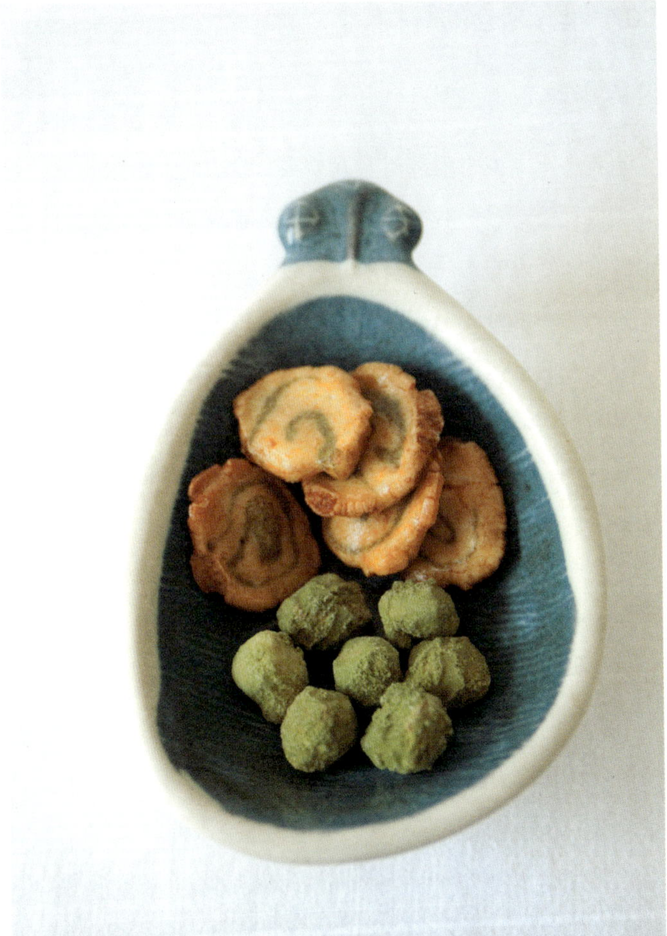

007 理容米仓的耳掏

我在十七岁之前都留着五分头。身边的人常跟我说，五分头很轻松，真好，我并不觉得有什么轻松，只是从没留长过，也没什么好说的。

父亲非常讨厌把头发留得半长不短，只要我的五分头长到七分左右，他就会大骂邋遢，要我马上去理发店。父亲最爱说的一句话就是："不要等头发长了才理，长长之前就应该理好。"从小到大，我每三个星期必到理发店报到，就是在这种没什么道理可言的教育下养成的习惯。

去理发店不仅为了理发，也代表着一种对仪容礼貌的重视和不懈怠。比造型更重要的是保养，基本上就是让自己保持仪容整洁。这也算是一种生活哲学吧！

我永远是周六一大早就到数寄屋桥的"理容米仓"报到，请米仓满师傅为我打理。虽说是假日，但我每次都会穿正装打领带，好好享受理容米仓的一流技术与服务。

理容米仓会把挖耳勺当作贺年礼物送给顾客，这个小小的挖耳勺，却一点也不含糊，是会带给人一用上瘾的极品体验呢。

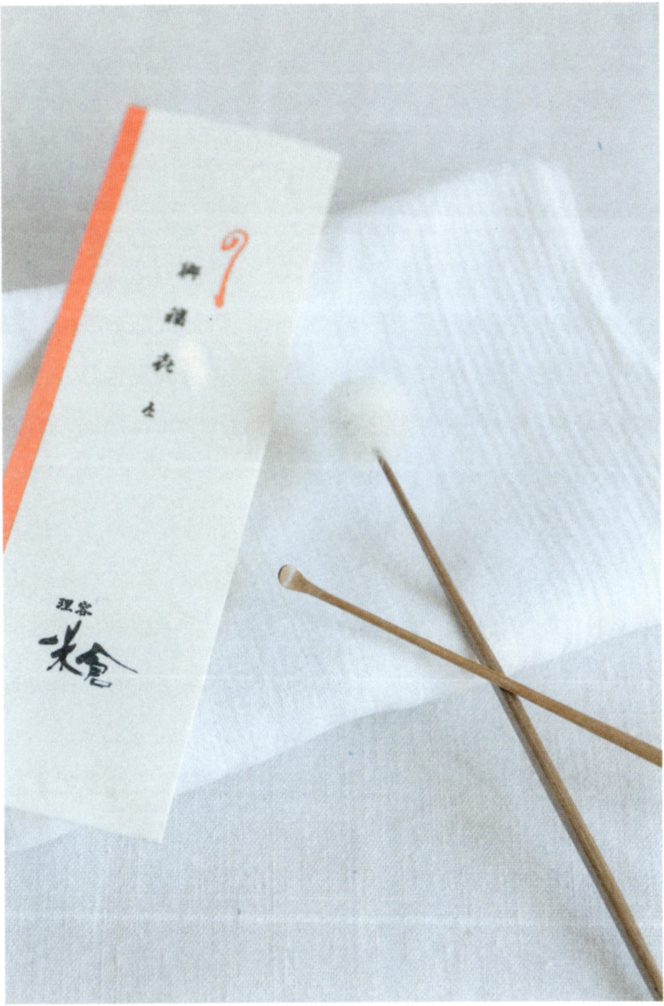
理容
米倉

⑧ Astier de Villatte

与摄影师朋友一起到外国采访时,曾在巴黎短暂停留。某一天我们从落脚的巴士底散步到附近的西堤岛,在散布的政府机关之间隐藏着一小块住宅区,小巷弄中窥见的街道景色弥散着中世纪的气氛。漫步在 Rue des Chantres 这条小径时,看到一家艺廊橱窗里陈列着设计典雅的白色陶瓷餐具。白色的釉药下隐隐透出的漆黑底色,酝酿出日本器物似的质感,这份特殊的美感令我目不转睛。

这是古董吗?我仔细端详着想找出些蛛丝马迹,一位看似艺廊老板的女性走过来:"喜欢吗?"我问她:"实在美得让人着迷啊。请问是古董吗?"她告诉我:"不是哦,这是瓷器品牌'Astier de Villatte'在巴黎的工作室制作的,需要的话可以告诉你在哪里。"说完,她亲切地写下地址给我。

不过,在巴黎逗留的几日没能亲自到这家店去看看,只留下那张用法文写的便条被我小心保留至今,到圣奥诺雷的 Astier de Villatte 好好逛逛便成了心中小小的梦想。

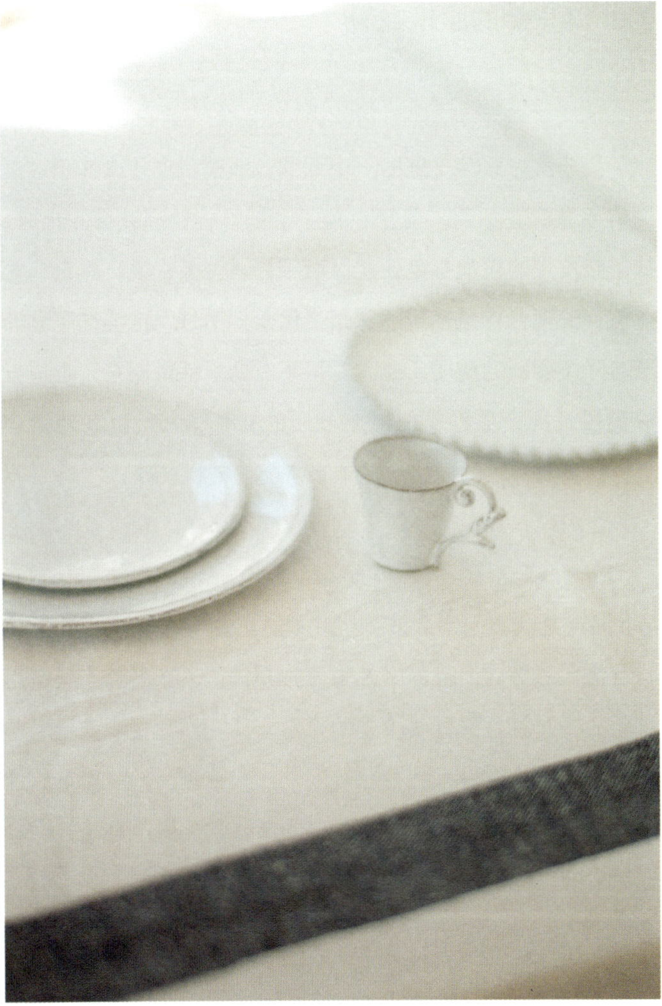

009 富乐绅的眼镜蛇鞋

我非常在意穿皮鞋的一个细节,那就是穿什么袜子。虽说站起身时看不到,但坐在椅子上裤管一拉高就会露出来,袜子跟皮鞋的搭配总是让我耿耿于怀。一般来说,黑色、深蓝色、深褐色材质轻薄的袜子最保险,不过,这类袜子总会莫名强调脚踝的瘦弱,让人觉得不对劲。话说回来,难道只有我很讨厌穿那种类似尼龙丝质的袜子吗?所以我经常穿黑、深蓝及灰色的菱格纹袜子来搭配皮鞋和衣裤。

坦白说,我很想像过去常青藤校友那样,赤脚穿皮鞋。

富乐绅这款不系带的懒人鞋"眼镜蛇鞋"(Cobra Vamp),是我唯一常赤脚穿的皮鞋。如果穿条棉质工装裤或是百慕大短裤,上身罩一件牛津扣领衬衫,光脚套上眼镜蛇鞋,活脱脱就是常青藤校友的打扮。其实,我平常就是用这双富乐绅眼镜蛇鞋来代替凉鞋呢。一双茶色、一双黑色,这两双马臀皮的皮鞋,一穿穿了二十年,我觉得这是最符合自己风格的皮鞋了。

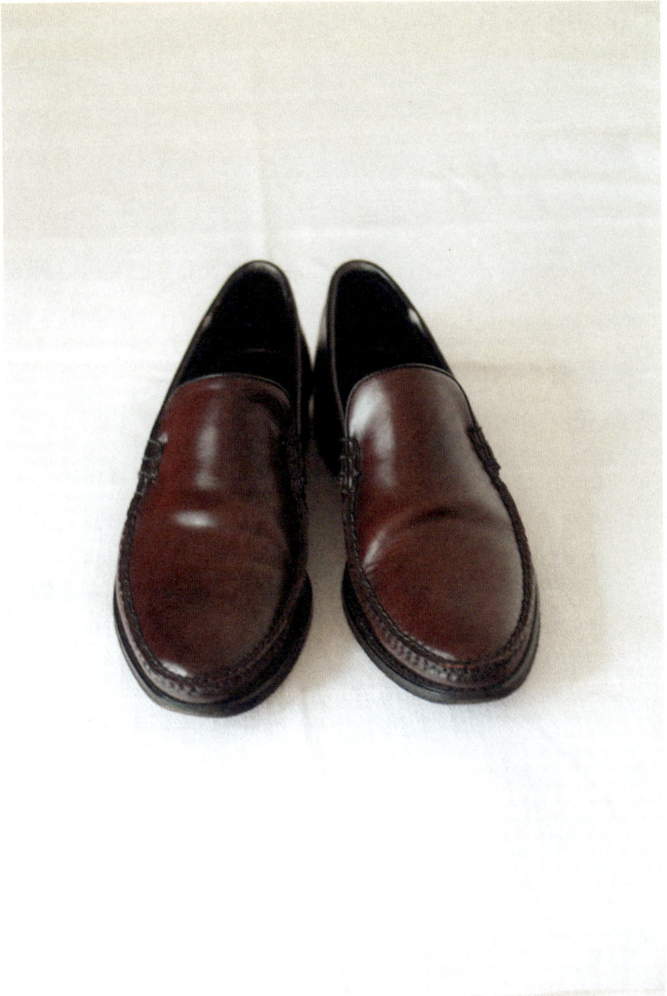

010 店家名片

旅途中如果发现二手书店，无论行程再怎么赶，我都没办法过门不入，总要尽量进去转转。对我来说，二手书店是个充满未知的特别场所，现在我对它的感情早已超越喜好或兴趣的程度，就像中毒了似的。而且，无论什么样的店，我一定会买一本书，就算没有本想买的也会带走一本，这已经成了禁锢我多年的魔咒。

逛二手书店的最大乐趣，就是挖宝。当我发现市价一万日元的书标价一百日元时，瞬间便心跳加速，这种喜悦的感觉就算是中毒也无所谓了。虽然挖到宝的次数没那么多，但和其他人相比，我的"中奖率"还是高一点吧，大概是因为我视力不错，再加上这个"魔咒"，这就是每次都买（也是因为不想二手书店消失而贡献一点营业额）和偶尔购买的人之间的差异，说穿了和买彩票的道理一样。

在二手书店探险还有另一项乐趣，那就是收集店家名片。我收藏时会在名片上记下这是家什么样的店，我在这里买了什么，以及购买日期，然后在名片一角穿个孔洞，一张张串起来，还会依照纽约、巴黎、伦敦、旧金山不同的地点来分类。

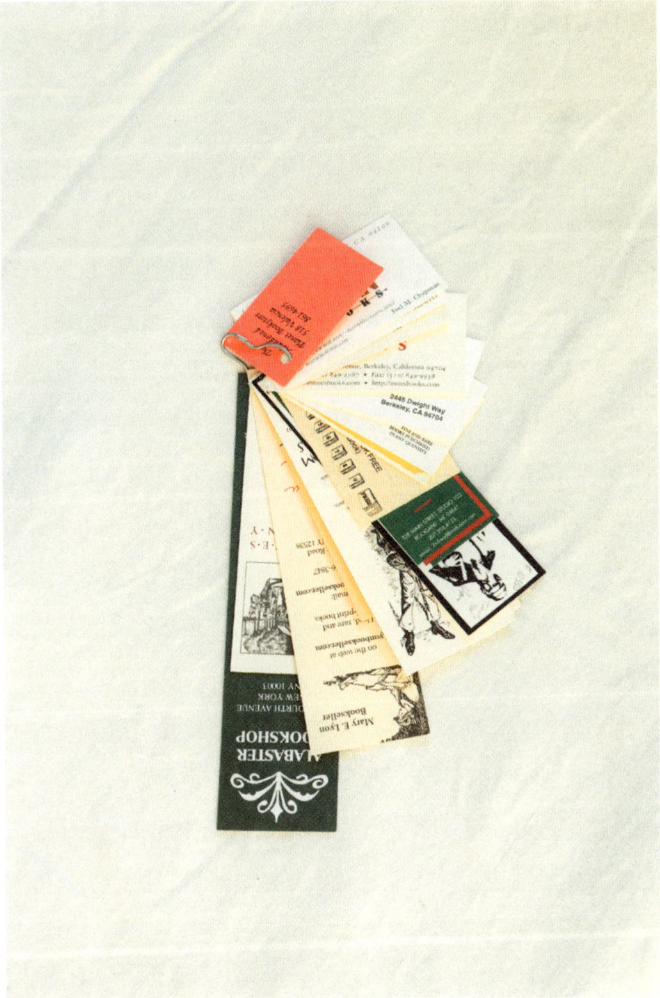

⑪ 山葡萄藤篮

　　一年到头我最爱用的一只山葡萄藤篮是几年前向秋田的师傅订制的，不过尺寸稍大，日常使用比较占空间。我本想要一个方便携带的，但因为日本禁止采山葡萄藤，技术好的师傅也越来越少，所以很难找到。

　　据说佐藤荣吉师傅制作山葡萄藤篮的技术无人能出其右，可惜他已经过世。我曾见过一只佐藤大师做的外形浑圆的藤篮，真的很美，跟我现在提的简直云泥之别。那只藤篮在编织过程中格外注重塑形，编好抽掉模型是三等分的圆桶状，桶身线条饱满流畅。当然，没有高明技巧，也编不出这种曲线。佐藤荣吉的制篮手艺虽有传人，但没有材料最后我也只好放弃了。

　　后来，一位朋友把他珍藏的佐藤荣吉山葡萄藤篮送给了我，据说那是三十多年前编制的，我终于梦想成真了。这只藤篮真是越看越美，我还一度犹豫该不该日常用，但仔细想想唯有爱惜地使用才能表达我的感激，最后它便成了我每天不离身的公文包。

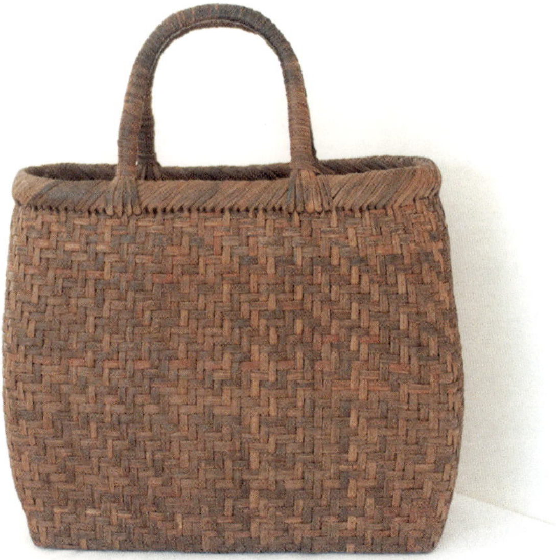

012 朋友一样盛放的花朵

我很喜欢美国哲学家亨利·梭罗在日记中的一句箴言："我能为朋友做的，就是当他的朋友。"

这句话让我感受到什么是友情，什么是爱，把一切身外之物都视为朋友，应该是件很幸福的事吧。如果所有人都抱持这种想法，一定能实现世界和平了。

另外想跟大家分享的是，每天试着想想，有什么事是别人做了会让你开心的，挑一件试着为家人、朋友，或刚认识的人做做看。这种细微的体贴之举能带来一整天的幸福。同时也一并想想什么事会让自己不高兴。

生活中，对周围的许多事物也应该怀抱这份体贴，像杯子、毛巾、椅子、包包，小心收纳不要乱丢、踩踏或是弄脏，对待它们也要一样秉持己所不欲勿施于人的态度。

把花小心地插在花瓶里，像对待朋友一样，这样就能听到心与心之间的问候了。

这样的朋友时时刻刻都在帮我更好地去生活。

花就是我的朋友啊！

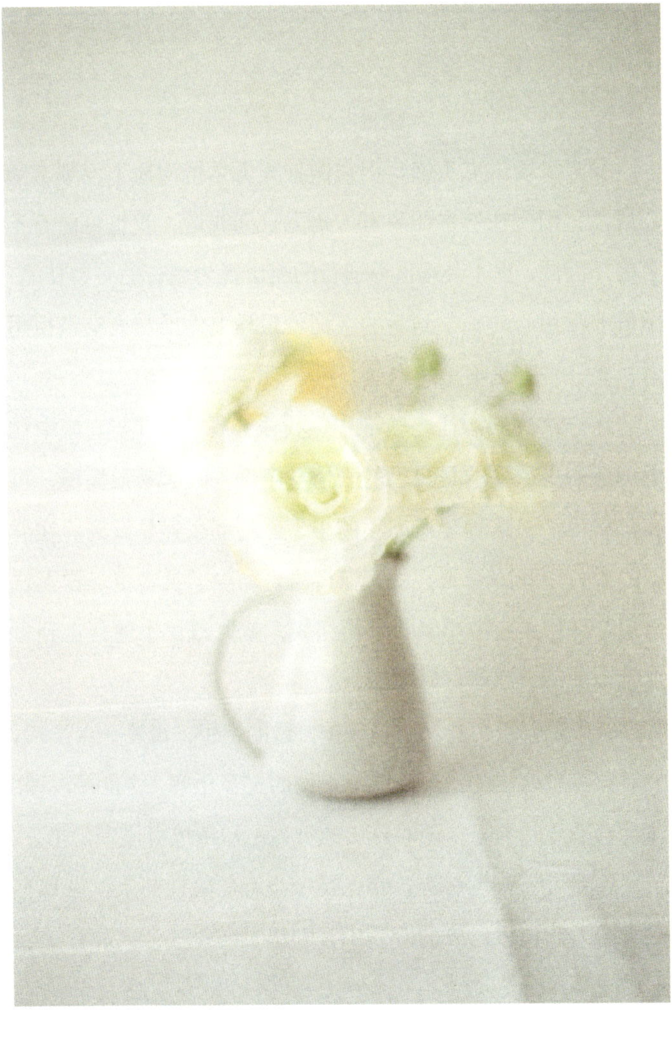

013 笑容

我多少能讲点英文，但在国外我仍觉得沟通上没那么随心所欲，即便在日本如果有人用方言问我话，我也可能答不上来。因此，我才会把世界通行的英语视为旅行的必备技能，学得非常用心。一学到新的字词就想马上外出与人交谈用用看，验证一下是不是能沟通。

在一次次的沟通与验证中，我体会到一件事：交流中比遣词造句更重要的是自己的表情与态度。听起来很简单，可在日常生活中这种理所当然的小事也不那么容易做到。在异国的旅行中我感受到，就算懂得语言，少了笑容也一样无法沟通；但有了笑容洋溢的亲切问候，就算语言不通，走到世界哪个角落，都能好好生活。

有人说，亲切的问候是保护自己的铠甲，真是一点没错；大多数尴尬糟糕的状况都能靠真诚的笑容化解，这也是真理。在语言不通的国家，随时露出的笑容不知帮过自己多少忙。

笑容可以告诉对方，自己是个没有危险性的人，也具有一股魔力能拉近对方的心。千万别忘了向每一个人展露美丽灿烂的笑容啊。

⑭ minä perhonen piece, 的靠垫

位于青山的 minä perhonen piece,*的橱窗里摆了一个用洋装布料做的蕈菇形靠垫,那浑圆的模样十分抢眼。有一次我有事路过,经过店门口后又转身折了回去,站在人行道上盯着那个靠垫好一会儿。

"人永远在找寻对自己有帮助的事物,在其中做出抉择。要将有助益的人情事物留在身边。"

在从事与人打交道的工作中,我每天都会看看自己的掌心,思考"传递"的真谛究竟是什么。有一次突然有感而发,便在笔记本上记下了那句话,而后时常自问,自己的工作究竟能不能帮助别人?

把蕈菇形靠垫带回家放在沙发上,自己则坐在一旁,当把手抚在靠垫上时心情竟然感到一阵莫名平静;接着我抱起靠垫捏一捏确认柔软度,口中不禁呼了一大口气,先前全身紧绷的力气也释放了。

minä perhonen piece, 是一家设计工作室开设的概念店,店里常有一些用做衣服剩下的边角布料做成的包包、小杂货。

* minä perhonen 为日本知名服装品牌，1995 年由设计师皆川明创立，2010 年开设概念店 minä perhonen piece,。(编注，本书注释若无特别说明，均为编注。)

015 得力牌烤面包机

我最喜欢的食物是咖喱饭,其次是火腿蛋,第三名则是烤奶油吐司,而其中唯一能自己做的就是烤吐司了,这没什么可值得骄傲的,只是烤吐司而已,而且还是烤面包机烤的。

我家有三台烤面包机,得力牌烤箱式的一台,烤四片、烤两片的也各有一台。烤四片那台还可以做热三明治,一次能做不少,大家都要吃吐司时就很方便。不过家里只有我早餐吃烤吐司,平常烤两片的那款就够用了。

我在伦敦常住的那家旅馆,早餐时会在桌边现烤吐司,那真是好吃极了,甚至好吃得让人懊恼。切得薄薄的吐司,四周微微焦脆,内里蓬松却带点嚼劲,就算不涂奶油或果酱也一样美味。问了服务生才知道:"因为烤面包机很棒啊。"自那之后,我便认定烤面包机非得力牌不可,这样在家也能吃到伦敦那种烤吐司了。

得力牌烤面包机是英国师傅手工打造的,价格稍高一些我也能接受。有人说太奢侈了,不过我倒是觉得有了一台好用的烤面包机,无论什么样的吐司都能烤得很美味。

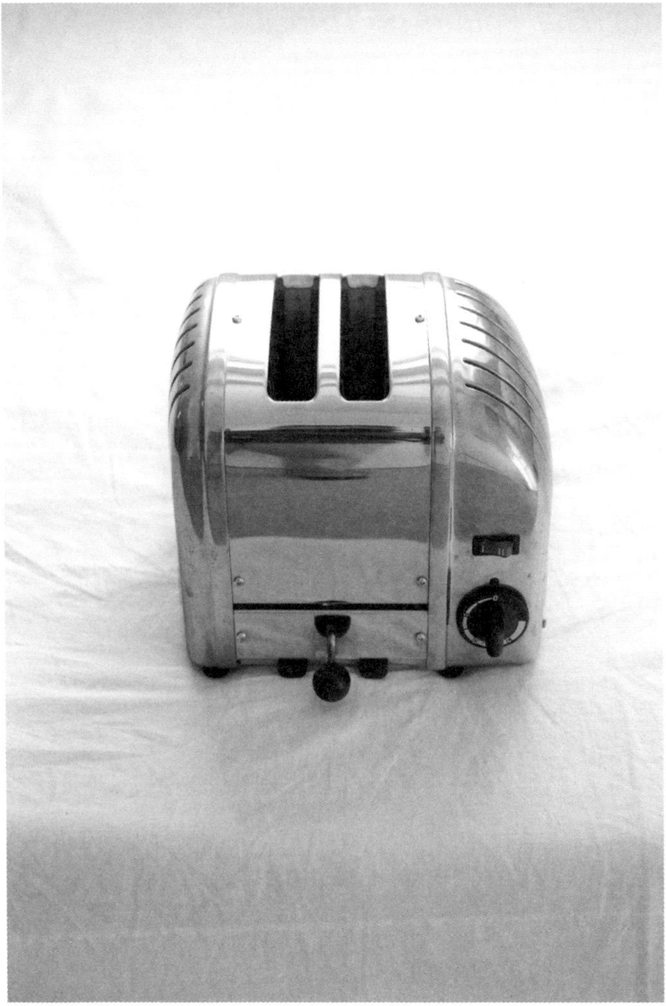

⑯ *The Sound of Things*

在纽约逗留的那段时间,我曾做义工收集大家不要的童书和绘本送到教养机构。每个家庭都曾给孩子买过很多书,但孩子一长大绘本便闲置了,公益组织就请大家捐献这些书。不知道是不是因为美国的房子都很大,大家都不怎么丢旧物,没多久一大间工作室就堆满了旧书。我的工作是检查书本有没有涂鸦或破损,每天就这样埋头一页又一页地翻着。那段日子里,我结识了珍贵的绘本,也自然而然地了解了绘本的发展历史。

The Sound of Things(一九五五年)就是那时遇到的一本,正像书名一样,这本书一直在问:"这是什么东西的声音?"

作者威廉·旺德斯卡(William Wondriska)在左页画插图,右页则用文字表现插图上的东西发出的声音。例如,BOOM!是什么东西?——大炮!最与众不同的是他能让文字发声,有的字占满整个页面很有冲击力,也有细细小小、摇摇晃晃的字体,或是缩在角落里的,就像玩猜谜游戏,在设计上可是花了不少心思。这也是我和女儿一起读的第一本绘本。

The Sound of Things / William Wondriska / S.N / 1955 年

⑰ 银色骑警勋章

大约二十年前,纽约SOHO区有一家精品店,专营世界各地有收藏价值的工艺品和意大利乡村家具。日本分店的负责人是我一位朋友,他邀请我在那儿工作了两年左右。这家品味出众、货品独特的"ZONA",是我很钟情的一家店。

当初辞职时,朋友问我店里有什么东西我想留作纪念,我立刻回答:"银色骑警勋章!"

骑警勋章与警察别在胸前那种一样,但是一种古董级勋章。小时候电视上美国西部影片或动画里的警长总佩戴着这种雄赳赳气昂昂的勋章,看得人非常向往。

当我发现ZONA进货后,就想要得不得了。银质勋章拿在手上很有分量,外形和我当年心向往之的一模一样,又是百分之百真品,实在是太开心了!

朋友让我从十多个勋章里挑,每个都依据不同州、不同职务而有特别的设计。例如,看到刻字就认得出是亚利桑那州的骑警勋章。

后来,每次外出旅行我都会把勋章别在外套胸前,走路都昂首阔步得意扬扬的。

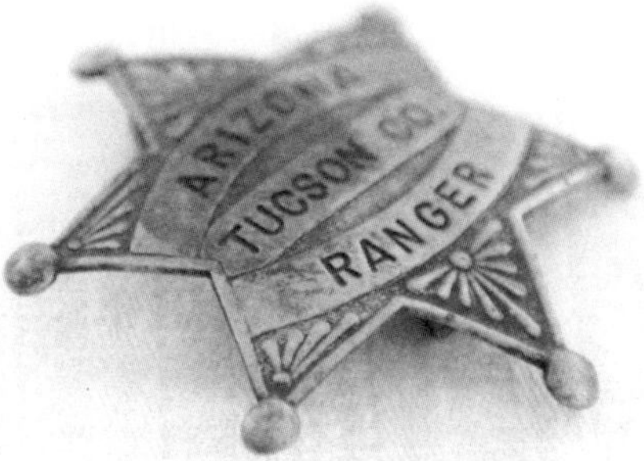
ARIZONA
TUCSON CO.
RANGER

018 长谷川真美的汤匙（2）

前一本书[*1]中我曾提到与长谷川真美汤匙的相识。后来，不知不觉中手边就越来越多她制作的汤匙了。

接手《生活手帖》后，外出游行不像过去那么频繁，但每年还是会找一个地方好好走走。

整理行李时，我总不忘准备一只小茶盒，听上去讲究，其实里头的茶杯、茶筅[*2]都是凑合着用，实在羞于示人。唯有茶勺是长谷川真美致赠，把这件宝贝带在身边，就像旅途中的护身符一样。

这款茶勺可伸缩，能拉到十五厘米。到了落脚的地方，喘匀气我就会先把小茶盒拿出来，烧一壶开水，用长谷川真美的茶勺，舀一小匙抹茶，心情就会平静下来，真是奇妙啊。

以前旅行时我会带好几种中式茶或花草茶，抹茶因为要用的工具多，带得比较少。不过，拿到长谷川真美的茶勺时，我就想着有这么棒的东西一定得带出门。自那以后，旅程中冲泡抹茶成了习惯，而且再也无法抗拒在异地品尝到的抹茶美味。在不同的地方尝到的抹茶，竟然每次都有不一样的味道。

希望有一天能找到小茶箱跟其他工具，来搭配长谷川真美的茶勺。

*1《日日100》，新星出版社，2015年。
*2 日本茶道中刷茶用的道具。

⑲ 奥图蓝吉的健康谷片

低调隐蔽的伦敦公爵酒店（Dukes Hotel）由一栋历史悠久的住宅整建而成。不容小觑的是，这里酒吧的酒保曾经在世界马丁尼大赛中获胜呢！酒店外观质朴得不起眼，但品味高雅独特，真不愧是十足的英式风格，餐点的美味自然也不在话下。

在外旅行，早餐如果能吃到健康谷片就太让人开心了。我问女服务员，早餐是否提供健康谷片，她回答："我们有喔！"说是这样说，但我实在很难想象英国的谷片长什么样子，对口味更没什么期待。

第二天的早餐，果真为我准备了健康谷片，还依我的要求搭配了豆浆。我一尝，一种特殊的香料味在舌尖荡开，甜味跟香味配合得恰到好处，说不定比美国西岸的健康谷片更好吃！真是让我大感意外。

我实在太感动了，转身问酒店工作人员这谷片是自制还是订购的，对方告诉我供货商原来就是那家一位难求的餐厅奥图蓝吉(Ottolenghi)，我这才恍然大悟为什么会这么好吃了。于是，在伦敦那些日子，我每天都可以吃到美味的谷片。

现在伦敦正吹起一阵健康饮食风。

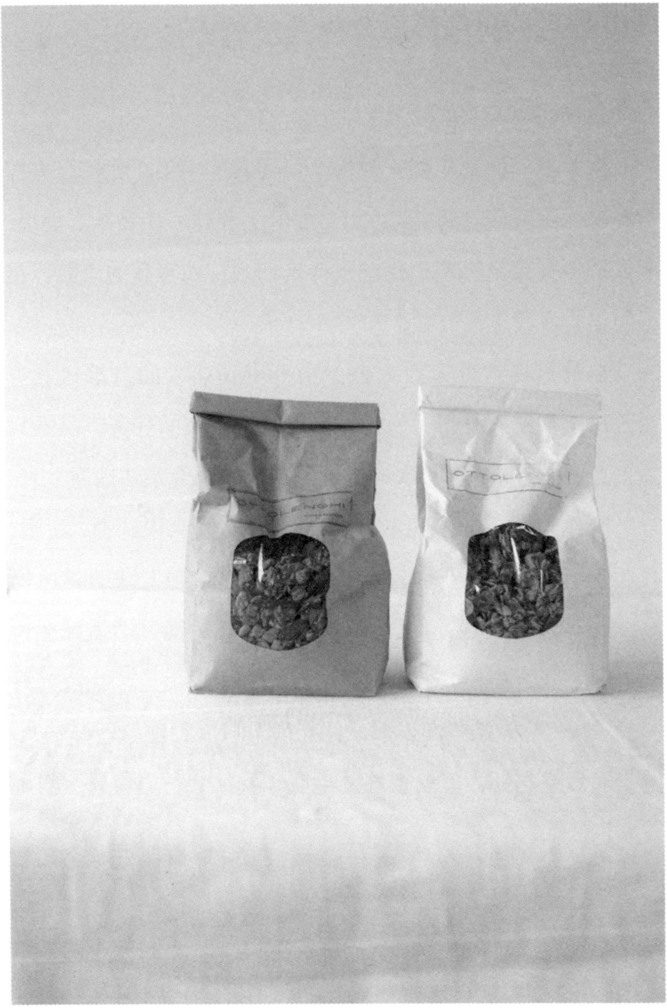

020 梅好的京都风散寿司

高中退学的那年夏天,每个星期六的中午,我都会去探望在日赤医院住院的祖母。祖母时时为我挂心让我歉疚得很,所以即便很想出去玩,我也坚持定期去探病直到她出院。祖母的笑容让我也很开心。

祖母最喜欢外苑西大道上梅好寿司店卖的京都风散寿司,每个星期六外带一份给她当午餐也是我的任务。虽然只是一人份的外带,但每次一掀起门帘老板都会亲切地迎上来。

"奶奶,这是京都风散寿司。"她接过后会说:"嗯,谢谢。我要吃了。"小心翼翼打开包装又惊叹道:"哇!怎么这么漂亮,看起来真好吃。"祖母每次都说同样的话。然后她会再拿个盘子分给我一多半。我推让着:"奶奶,我吃一点点就好了。"她却笑着说:"没关系,你吃得下啦!"自己只吃很少。她明明最爱吃虾,但总把虾分给我,我又会再把半只塞回她饭盒里。

与祖母一起分享的京都风散寿司,那种美好的滋味溢于言表。每次探病时都想着,这回一定要告诉她:"退学的事真对不起。"却始终没说出口。直到现在我仍会去梅好买京都风散寿司,同时回忆起和祖母相处的时光。

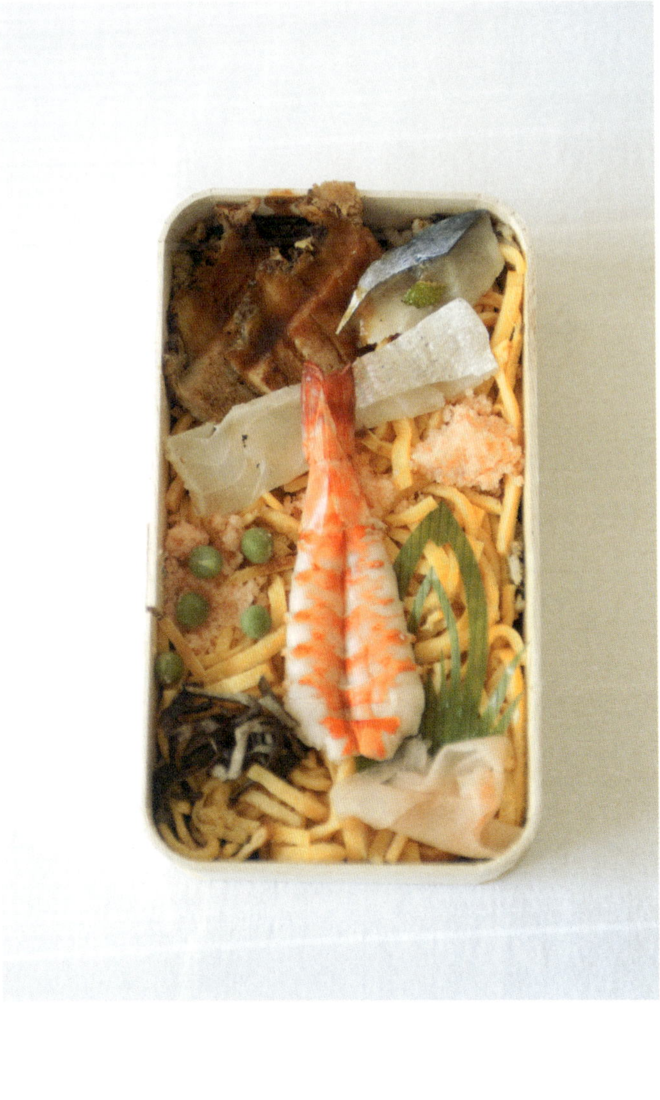

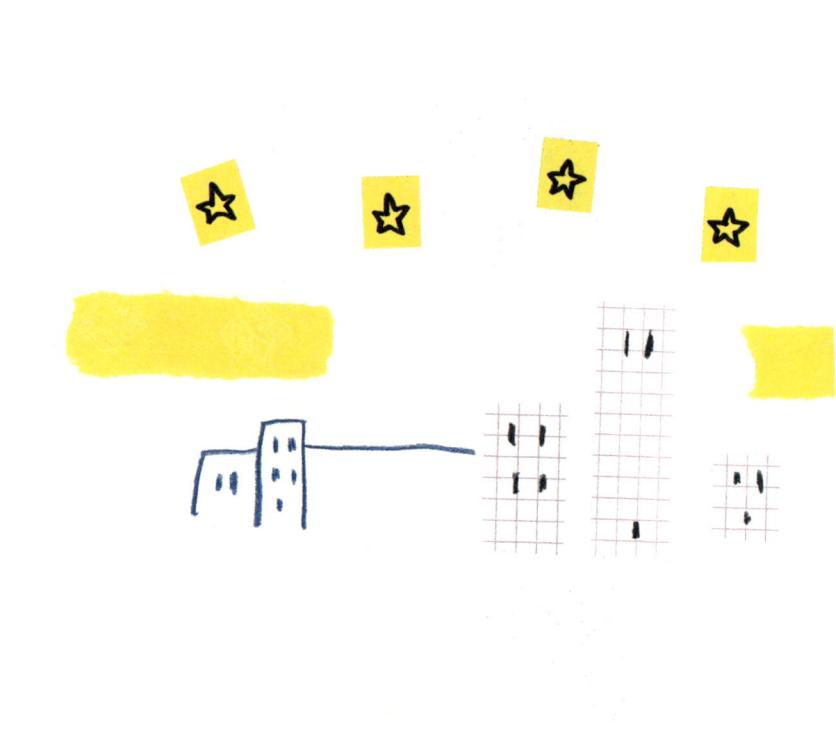

ym

021 Le Savon de Marseille

我曾在巴黎停留过三个星期，那时住在短租公寓，房东二十六岁，是巴黎歌剧院的储备舞者，靠着出租自己的房间给观光客赚一些生活费。

我们简单见了个面，她一句"租给你应该没问题"，便收了房租，把随身物品塞进行李袋径直搬去男朋友家。巴黎女孩竟然这么轻易就把自己的房间租给陌生人，真是令我大吃一惊，同时也打心底觉得那份自由心旷神怡，真是太棒了。

小房间里只有一面大镜子、几件简单素雅的家具，还有一两件摆饰，完全感受不到女人的气息。大扇的窗子敞开着，听得见街头熙熙攘攘的声音，让人充分体会到此刻身在巴黎。

我太喜欢这个房间了。不一会儿，我发觉室内有股香气，夹着一丝甜意又有些似曾相识，让人沉入一阵莫名的平静里，真希望香味永远都不要散去。我试着寻找气味的源头，才知道是浴室里一块四四方方的褐色马赛皂。初见那女孩时，她身上的确也飘散着这股香味。

我当然不会用那块香皂，于是租住时一直把它放在床边，房间里便时时弥漫着香水般的肥皂香气。

SAVONNERIE
M.FABRE
MARSEILLE
SAVON DE
MARSEILLE
A L'HUILE D'OLIVE
Saponification au chaudron
MARSEILLES SOAP
WITH OLIVE OIL
SAPONE DI MARSIGLIA
OLIVIA

022 嘉莉娜寄来的书

法国建筑大师柯布西耶为年迈的父母在日内瓦湖畔盖了一栋房子,因为只有十八坪,特地取名叫"小屋子"(Une Petite Maison)。每次看到照片或是书里的"小屋子"我都爱不释手,总梦想着有一天能亲自去看一看。

嘉莉娜住在香港,因为当初她写来的一封信,我们成为笔友,变得亲近起来。我们都喜欢书,喜欢旅行,喜欢拍照,有好多共同的爱好,特别谈得来。

有一天,我收到长途旅行归来的嘉莉娜寄来的邮包,是信件和一本摄影集。

信上说,摄影集是用拍立得拍下的旅途照片。封面贴了一块白布,看起来这本摄影集完全是手工制作的。

翻开影集,立刻出现浸浴在淡淡阳光中柯布西耶的"小屋子",里面有很多旅途中的快拍,还有一张张映衬着"小屋子"周围光线的照片,堪称向柯布西耶致敬的故事集。光线、时间、声音、风动、轮廓、温暖、生命、寂静、色彩……还有自己。正方形的小小照片里蕴藏着千言万语。

有的人让人想在旅程中邂逅,对我来说,嘉莉娜就是这样的人。真希望有一天,能在"小屋子"洒满阳光的窗边见到她。

VOYAGES

○023 汉斯·瓦格纳的 Y 字椅

刚开始一个人生活时,我在房间挂了索尔·斯坦伯格*的海报。

被我拿来做成海报的那张《纽约客》封面照片,用独特纤细的线条刻画出曼哈顿街景,每次望着新房间墙壁上的这张海报,整个人都沉浸在满足中。只是贴了一张海报,原先单调的房间瞬间就像被施了魔法似的,变成了自己的专属空间。

后来终于有了自己的房子,我便添置了丹麦家具设计师汉斯·瓦格纳的 Y 字椅。

围绕新家客厅的餐桌摆着六张 Y 字椅,感觉就像往日贴海报一样,一瞬间出现了这魔法般温暖的一幕,我沉浸在满满的幸福中。

瓦格纳的 Y 字椅对我具有特殊意义。单身时的一次外出旅行中,我曾在一位巴黎友人家看到这把椅子,因为坐起来很舒服外形又美,我也梦想着有一天能拥有一把。

现在我每天坐在这张椅子上,偶尔会想起当年,想起那时跟妻子约定,等有了自己的家,第一样要买的家具就是这套椅子。

不知她还记不记得这件事呢?

＊美国漫画家、插画家,以独特的卡通艺术风格闻名。

⑳ Hofer 的提洛尔外套

我衣物中最暖的一件外套是 Hofer 提洛尔外套，它是以阿尔卑斯山脉东部提洛尔地区的民族服饰为原型，设计而成的。冬天冷的时候，像刷毛外套或羽绒衣一样罩在最外面，厚厚的羊毛毡材质保暖又挡风，穿起来真的很暖和。

刚穿时衣服还不是很合身，羊毛毡摸起来刺刺的手感也让人觉得不太舒服，但连续穿了两个冬天，不知不觉中外套越来越贴合自己的体形，不舒服的触感也随之消失，就像一件穿了很多年的柔软针织衫。和那些采用新材料的防寒衣相比，也许功能略逊一筹，但穿上身的温暖感觉以及传统风格却毫不逊色。

某个下着雨的冬夜，因为没带伞，只好把提洛尔外套的扣子整排扣上，硬着头皮走出去。结果雨水一滴都没渗进去，这么棒的防水功能让我大感意外，后来才知道整件外套不使用缝线，所以水不会由缝隙渗入。那感觉我至今都忘不了，淋着雨整个人宛如一只湿漉漉的羊羔。不知道是不是和淋雨有关，外套显得更合身了，越来越像量身订做的。Hofer 提洛尔外套虽设计上稍显粗犷，不那么时尚，但它绝对称得上质朴耐穿的外套典范。

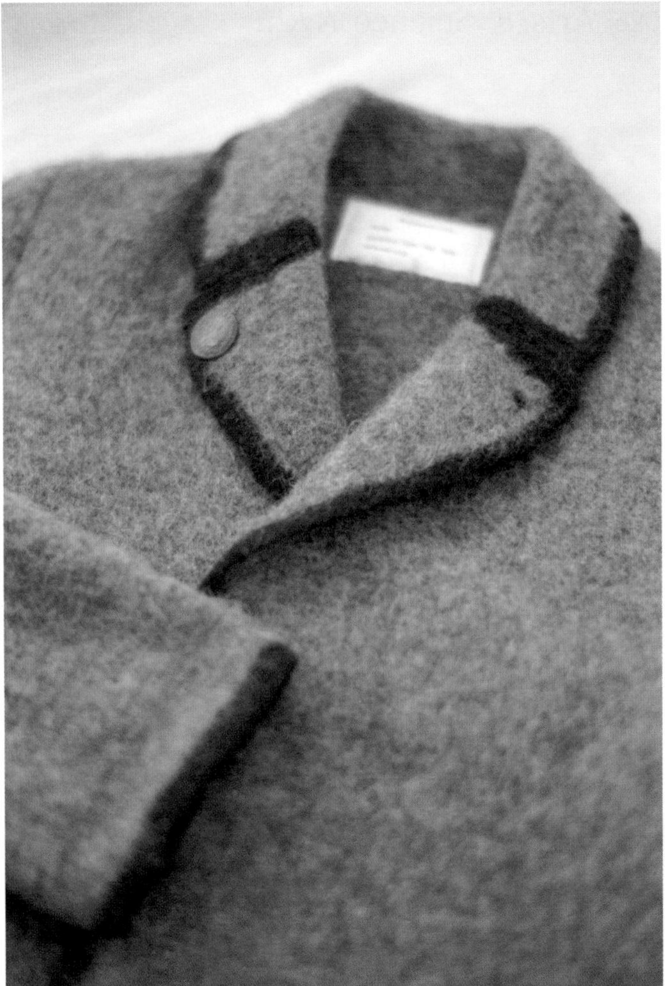

025 Arts & Science 的火柴

我总觉得，如果房间里放了一盒面纸，装潢布置无论花了多少心思都会在一瞬间完蛋，简易打火机也是。也许会被人说太装模作样，不过这两件东西是我尽量避免让它们出现在房间里的。

我在屋里到处放着香氛蜡烛，平常点火也会用简易打火机，但在不得已的情况下使用不喜欢的东西，心情实在好不起来。

韩籍时尚造型师苏妮雅·朴（Sonya Park）经营的"Arts & Science"店里售卖自有品牌的长火柴。我在杂志上读过，苏妮雅·朴点蜡烛时不喜欢用简易打火机才特地制作了专用火柴。看得我深有共鸣，忍不住叫好。如果找不到喜欢的东西，就亲自设计、制作、出售，这样的工作态度实在让人感动。觉得这世界上缺了什么好东西，就以此为职志动手创作，这真是积极健康的观念。

Arts & Science 店里的商品，应该都是出于苏妮雅·朴各种动机才诞生的吧！整间店就像一本厚厚的书，想必还有数不清的好东西藏在其中呢。

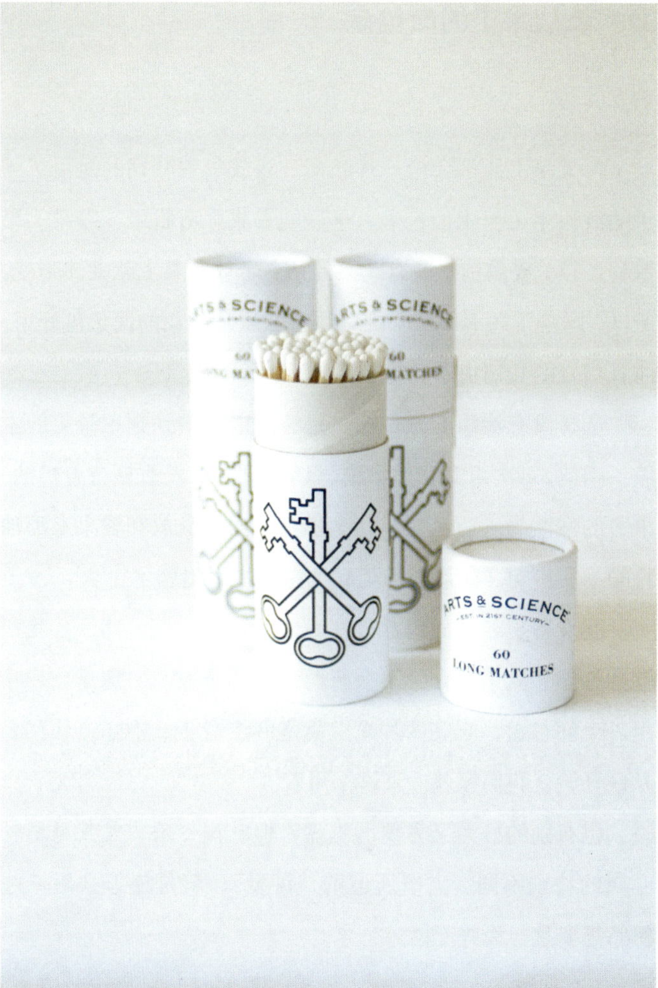
ARTS & SCIENCE
EST. IN 21ST CENTURY
60
LONG MATCHES

(026) 渡边木工的面包盘

每天早上我都会烤一片吐司,盛放早餐吐司的是用了三年的渡边木工榉木面包盘。早晨的餐桌上有报纸、咖啡、果酱和沙拉,要是前一晚有剩菜的话,全放在桌上就太热闹了。所以,圆盘子还不如这个刚好适合放一片吐司的面包盘好用,而且烤好的吐司也不容易变凉。

选择没有涂漆的原木款,是希望能欣赏到越用越美的木纹。因此,每次用完我都不洗,只轻轻擦拭,一直期待着奶油、果酱的残渍渗入后会变成什么样子。面包盘放在餐桌上那独特的木质声响,让晨间的忙碌气氛也变得温馨了。

我准备了五个面包盘放在烤面包机旁,家人烤一片吐司就会趁热装盘上桌,绝不会将两片吐司叠放,一定是一片吐司一个面包盘,吃完两片桌上就是两个盘子。不知道从什么时候开始,我们家就一直这么用着。

也有别的好用又方便的木盘,但吐司专用,尤其是早餐专属的特别不同。大概所谓的"钟爱",就是连怎么用一件物品都要从一而终吧。

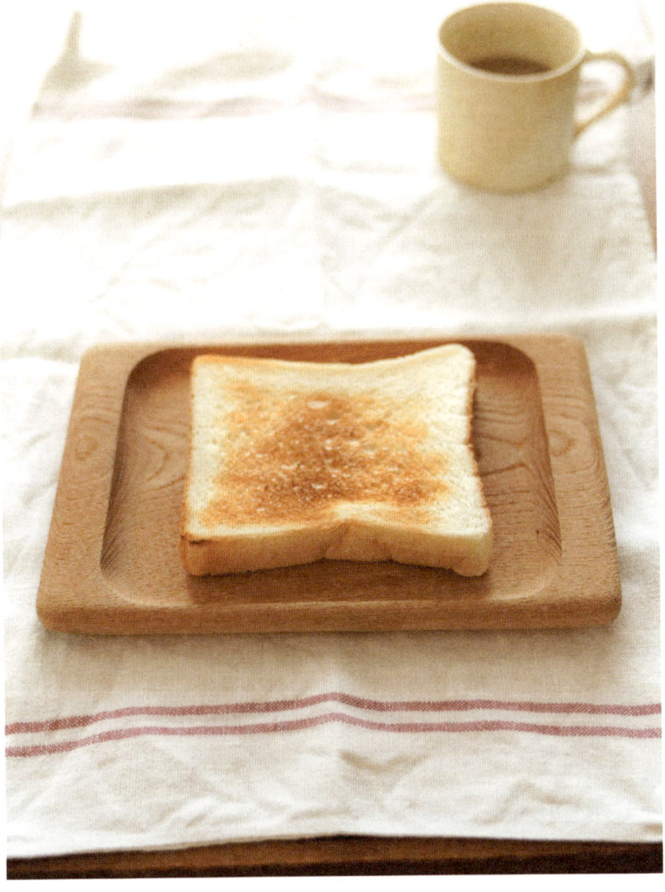

(027) 梦幻的 *Portfolio*

Portfolio 是我和波德维奇（Alexey Brodovitch）*一起设计、编辑的一份杂志，和它的缘分真是说不尽也道不完。

刚踏入出版界时，我为了凑齐三册 *Portfolio* 花了多少工夫遭遇过多少失败，已经在之前的随笔中提过好几次。对我来说，它就像一位导师，里面刊载的许多设计师或艺术家，像亚历山大·卡尔德、布列松、查尔斯·伊姆斯、本·沙恩、杰克逊·波洛克等，都成了我之后经营书店时学习的对象。我辗转各个美术馆、画廊，只为欣赏他们的作品，同时借着收集这些人的作品集来训练自己对艺术类图书的鉴赏能力。

"凑齐三册便可卖出两千五百美金的梦幻古董杂志！"这句话至今在我脑海中挥之不去，这还是二十年前纽约的行情呢。当年若能以半价入手，在日本立刻就有买家上门，于是我拼命搜寻。这件事对我在二手书店业内建立人脉、学习搜书技巧，以及了解类似的五十年代稀有书等方面，都很有帮助。

虽说现在在网络上找齐这些杂志并不难，但这样便无法体会在老旧二手书店角落的书架上发现珍宝的那份感动，真是可惜。

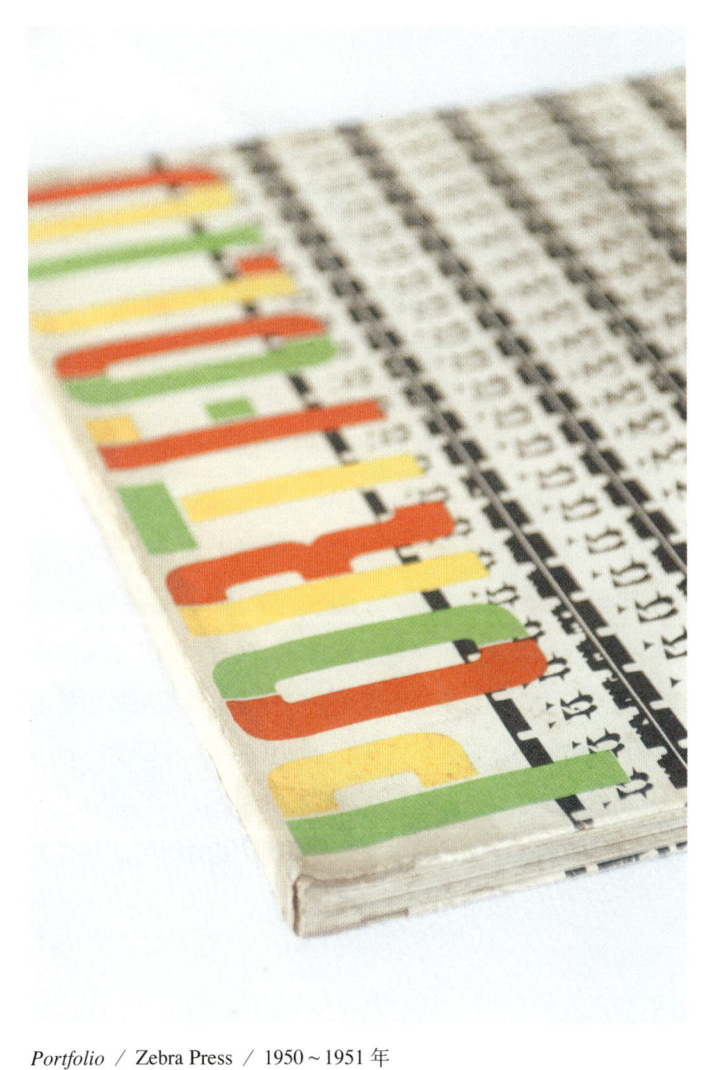

Portfolio / Zebra Press / 1950~1951 年
＊俄罗斯裔平面设计大师，曾任《时尚芭莎》艺术总监近二十五年，并设计制作了一些极具收藏价值的书。

(028) 蓝道夫的飞行员墨镜

中学二年级时,我读了落合信彦的报告文学《佣兵部队》,当时那种震撼至今难忘。懵懵懂懂中只看到帅气的部分,像是让我向往不已的间谍、游击队、飞行员,更让我震惊的是,军队不是为了保卫国家而是为钱卖命。在异常残酷的越战中,这群人既是战争专家,也是某种意义上的受害者,他们选择这种台面下的工作,这样的生存方式也远远超出我的想象。

《佣兵部队》一书中刊登了雇佣兵的真实照片,这些生死悬于一线的战争专家,脸上透出一种混合着悲壮与精悍的特殊魅力,虽然远在外国,但我的好奇心始终没有消失。

书中有一张战斗机飞行员的照片。照片中的男子与其说是雇佣兵,倒不如说豪爽得像电影明星,戴着墨镜嘴角露出笑容,真的好帅,那副墨镜更是让我想要得不得了。

美军当时配给的真品,也就是镜框消光款,一直很难找,因此在波士顿一处乡下跳蚤市场发现时,我真是从心底里雀跃不已。不过,要成为配得上这副墨镜的男人,似乎我还有一段距离。

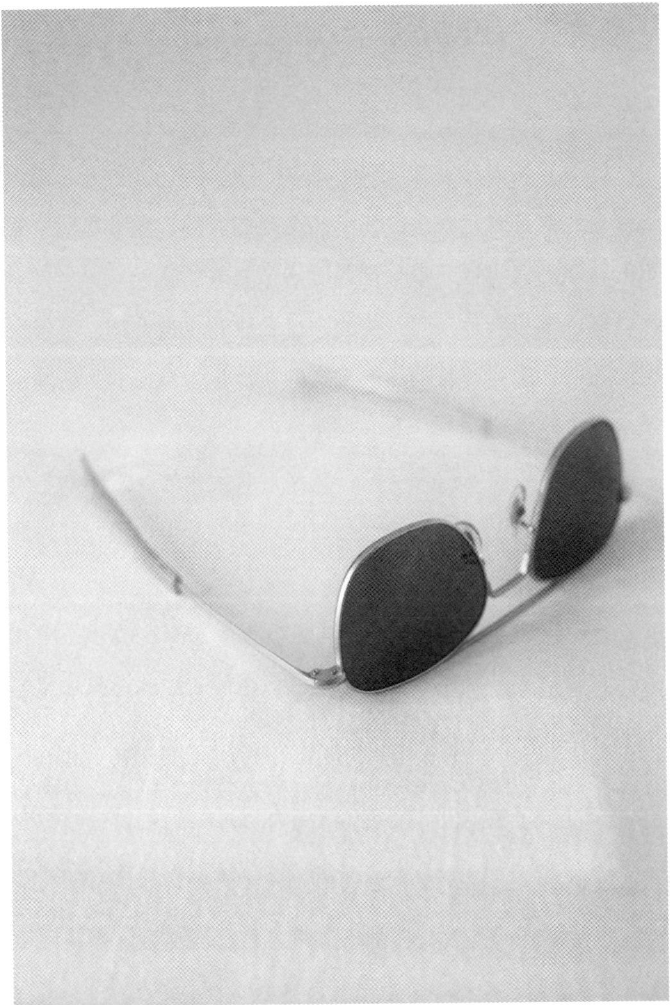

029 露西·黎的水瓶

我喜欢用花来装饰空间，每逢下雨天和星期六，一定会去买花。挑选时，我常会想哪些花是应时的，哪种更适合家里的花瓶。有时也会带一把花店店员喜欢的花回家，光凭自己喜好，难免总是买同一类的，这么挑花也很有趣。不经意望向花瓶，想起这是某个人喜欢的花，也为自己的生活增添了一段小故事。

我家的装潢以白为基调，我又喜欢白色的花，不知不觉白色绿色便成了我选花的标准。白色物件归于白色空间，这最能安抚我的情绪。

我把露西·黎（Lucie Rie）的水瓶拿来当花瓶用，当初买的时候就觉得放在房间做花瓶应该很棒。因此这只水瓶里一年到头都插着花，从无间断。

不过，我常常会想换个心情，用其他瓶子试试，看到它没有插花，才突然想到用回水瓶的功能。于是我装了水，倒在玻璃杯里，没想到竟非常好用，注入时水流那优美的线条让我十分意外，甚至心怀歉疚，哎，自己居然把它当花瓶用了那么久。

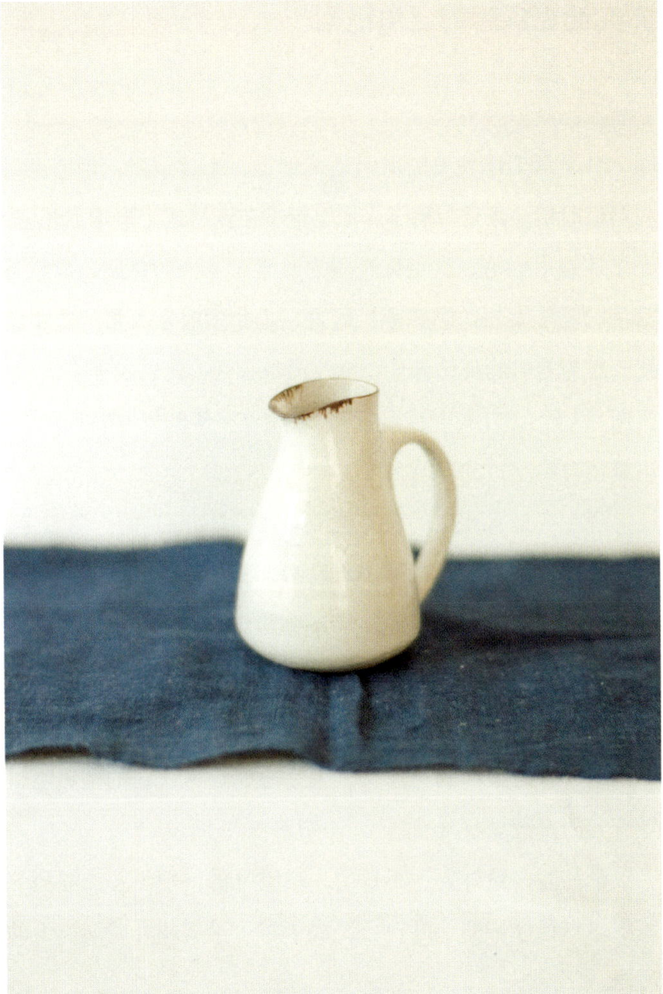

⑩ 迪克森牌的三角铅笔

日平常工作我一般用铅笔或钢笔。不过细想,钢笔也只在写信时用,像是写稿子、记笔记、在资料或记事本上注记,大多还是用铅笔,这也许是因为我喜欢木头的材质,和铅笔写字时笔芯柔软的触感吧!而且,上小学时家人第一次买给我一打铅笔时的那份喜悦,至今仍难忘怀,此后多年来学习、画图,以至工作,我一直用铅笔,对相伴多年的铅笔爱不释手,也是再自然不过的事了。

现在我最喜欢用的就是迪克森牌(Dixon)的三角铅笔。表面一层薄薄的橡胶,称手不易滑。三角形笔身无论放在桌子上还是凹凸不平的表面上都不会随意滚动,铅笔滚来滚去可是件很让人伤脑筋的事。笔芯我都用 HB,偶尔会用 2B,但似乎有点太软了。

迪克森是美国的一家文具老字号,这家公司的削铅笔机是有名的古董级收藏品。

铅笔呢,最好要用刀片削,咻咻咻的,把笔芯漂漂亮亮地削成自己惯用的长度,已经成了每个早晨我开启新一天的习惯。

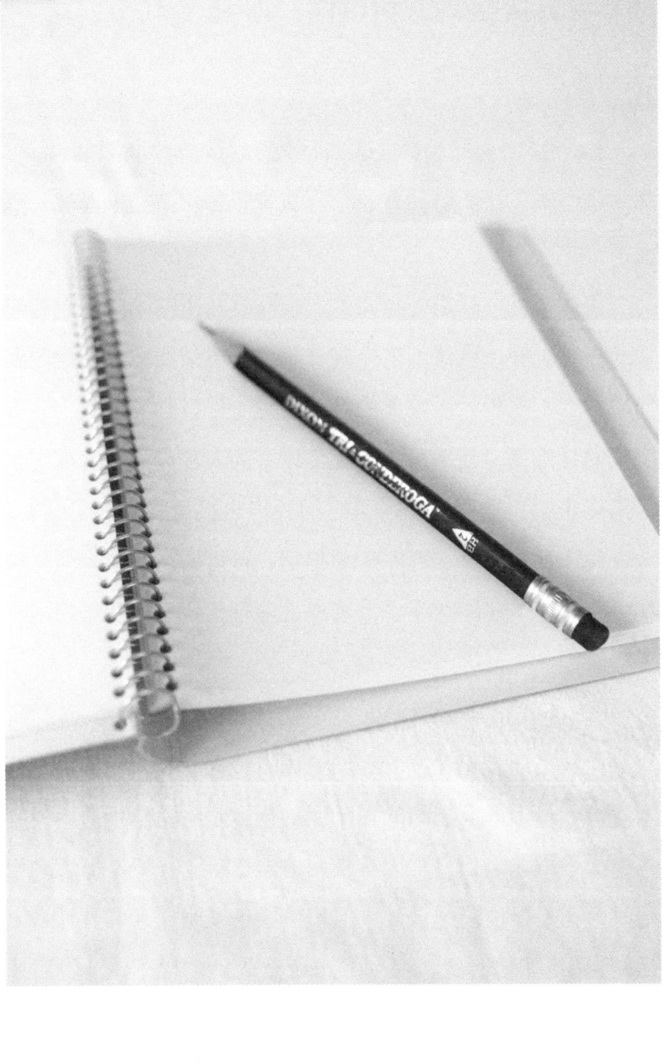

(031) 爱立信的 Ericofon

我在办公室使用的电话是瑞典爱立信公司生产的"Ericofon",从当年一个人住的时候开始用,算算也称得上二十多年的老友了。

这款话机一般是转盘式的,但我现在用的第二台是按键式的稀有机种。机体不占空间,虽说有电话线但放在房间任何地方都不碍眼,更重要的是,这是一件设计美学上十分有品位的日用品。几乎每个来我工作室的人都会问,这部电话平常能用吗?没问题!而且它的铃声也很悦耳,深得我心,至今我还没看到比它更完美的电话。可惜的是,这个型号现在已经停产,只能在跳蚤市场或古董行找到品相还可以的二手货。

Ericofon 作为上世纪五十年代现代设计的代表而知名,我第一次见还是十几岁时在旧金山,一部 Ericofon 就放在那家我每天早上都会光顾的咖啡厅的柜台角落,中年女店员只是稀松平常地当作日常工具使用,但那感觉好棒,乍看之下很时尚,是很抢眼的设计,但整体线条又能完全融入日常生活。当年我拍下女店员手持 Ericofon 说话的样子,那张照片至今仍在手边。

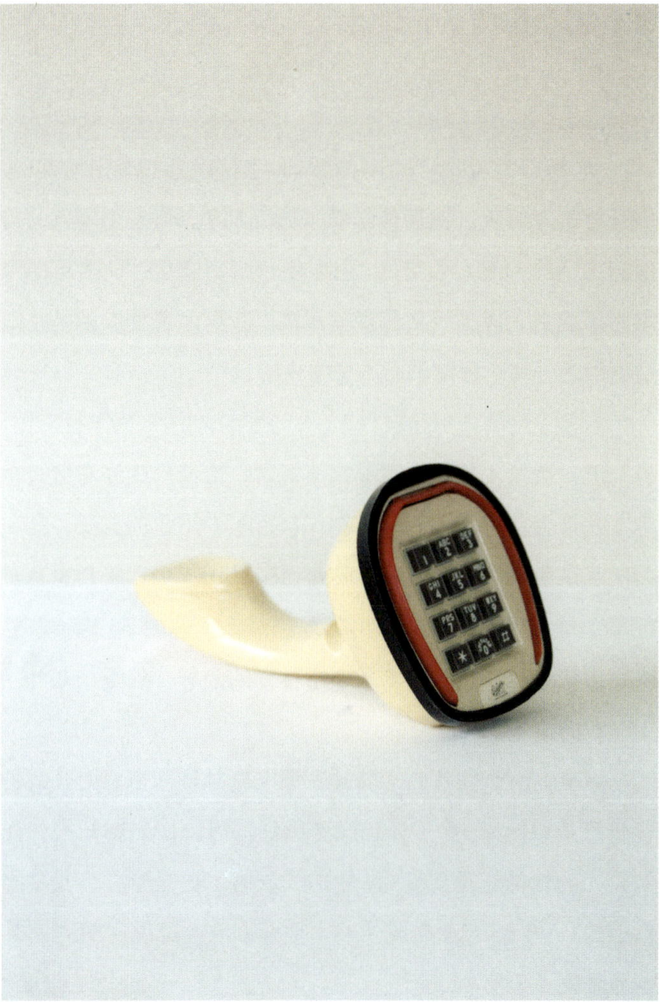

⑬ 旧金山的 Zo Bags

木暮先生上世纪六十年代从日本移民到旧金山伯克利，靠开计程车维生，此后他结识了诗人加里·斯奈德等人，与他们生活在一起，为艾伦·金斯堡修缮别墅后，他多年的梦想终于成真，成为一名计程车司机。我与木暮先生就是在旧金山因为一段车程结识而一见如故的。

木暮先生的儿子是自行车手，在伯克利的一家车行工作。有一天，我跟木暮先生到那家车行玩，恰逢当天许多自行车车友在聚会。那天有个手工制作自行车专用包的男子，在和大伙儿讲包的故事。他叫艾瑞克·佐（Erik Zo），平常也骑自行车，是世界上第一个做出邮差包的人。他的 Zo Bags，是旧金山快递员和自行车车友非常推崇的品牌。这是一九九〇年左右的事了。

后来，一个住在高知的画家朋友松林诚来东京时，就带着一只 Zo Bags，除了怀念我更感到惊讶。而当得知松林先生夫人的妹妹竟是艾瑞克·佐的太太时，更是意外。我拿出自己的 Zo Bags 给松林先生看，他开心地笑着说："真是奇妙的缘分啊。"

这样一来，珍贵的邮差包有了更珍贵的意义。

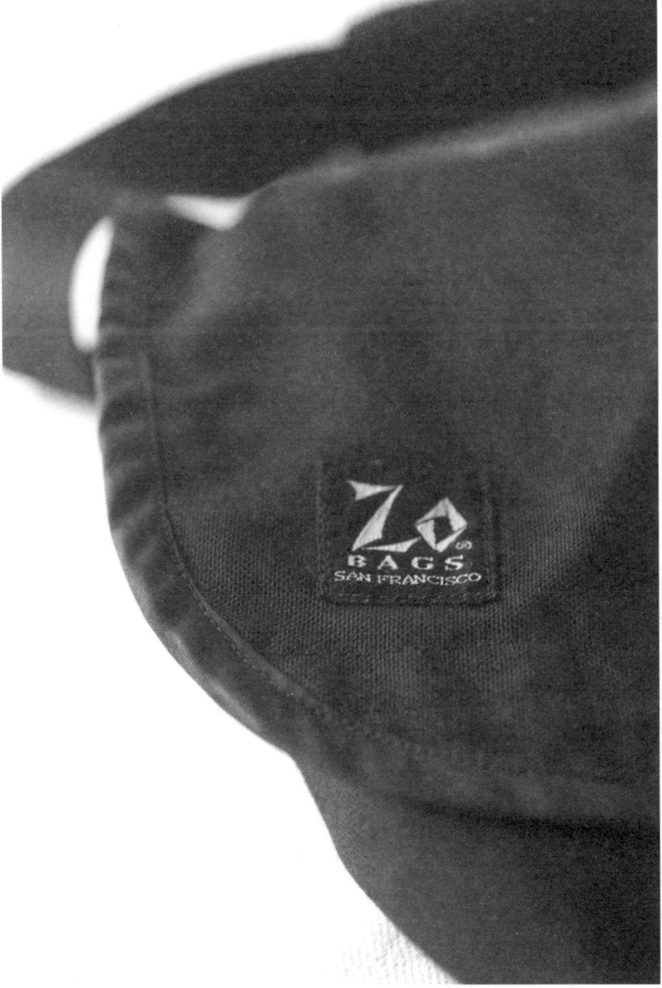
Zo
BAGS
SAN FRANCISCO

(033) 竹叶卷拔毛寿司

每两个月一次我会去御茶水的圣桥地区参加《生活手帖》的会议。讨论通常在正午时分结束,不知不觉习惯了去附近的"竹叶卷拔毛寿司总店",吃过竹叶卷寿司再回家。

这家店由武士松崎喜右卫门以军粮为灵感创立于一七〇二年。起初不一定都用竹叶,也会用八角金盘等植物的大叶片来包,因为会用拔毛夹把醋渍鱼肉的刺小心剔除,所以叫"拔毛寿司"。据说这是江户三大寿司之一,另外两种——松之寿司、与兵卫寿司都消失后,竹叶卷拔毛寿司就是东京仅存最古老的寿司店了。算起来这家名店已传到了第十一代。

竹叶卷寿司诞生的时代没有冰箱,交通也不发达,所以用大量的盐和醋尽可能延长保存期限。过去一人份用一杯米做十个寿司,现在是七个,里头各有七种馅料:鱼、鱼虾细松、虾、蛋、海苔、青皮鱼、白肉鱼。先在竹叶正中央放馅料,铺上醋饭,然后卷起,做好后静置三个小时,让盐跟醋慢慢渗入,也融入竹叶香气,好吃得下巴都要掉了。

喜欢在店里吃,除了寿司好吃,也是因为可以喝到用鱼骨、盐和高汤熬煮的美味好汤。

每两个月给自己一次的犒赏,至今已经持续了整整五年。

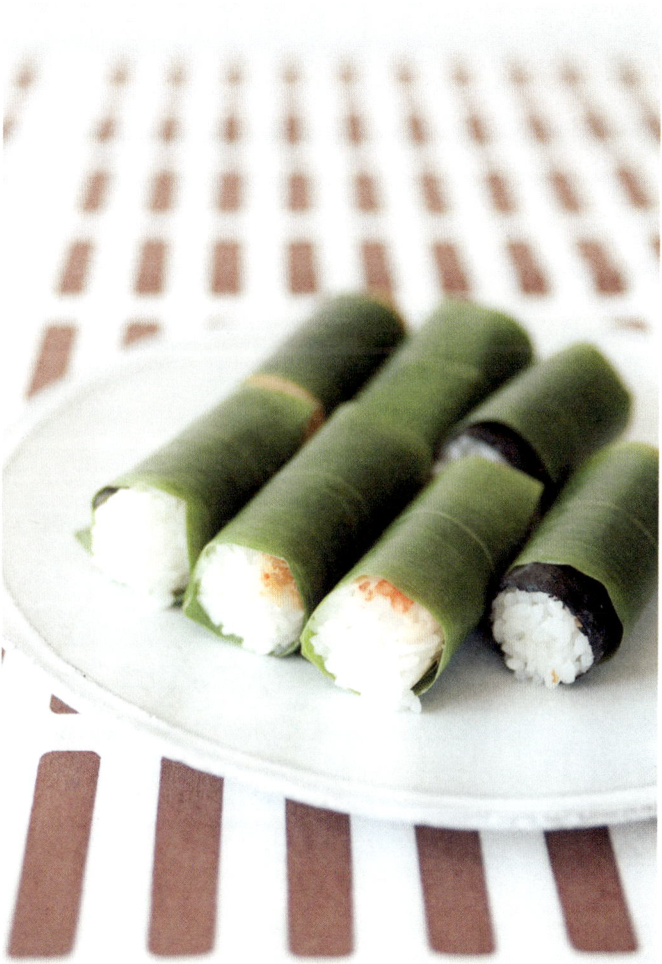

034 昂蒂·诺米斯耐米的茶壶

在一部拜访上世纪七十年代画家、雕刻家等多位艺术家的住家，展现他们日常生活的纪录片里，有一位芬兰女雕刻家，在她工作室兼住家的厨房里随手放了五六只珐琅茶壶，颜色有黄、蓝、白、红。阳光从厨房的窗子射进来，照在茶壶壶盖的透明小窗上，闪耀着炫目的光芒，那幅景象看起来好美，我至今都记得。

布鲁塞尔称为"贼市"的跳蚤市场上，我又看到了纪录片里的那只茶壶，和一个鹦鹉形的桌灯放在一起，那一瞬间，我心底便涌起了老友重逢似的兴奋。我花了大约两千日元买下了桌灯跟茶壶。本以为只是简单的茶壶，仔细一看才知道是过滤式咖啡壶，拿在手上比想象的还要重一些。

回家一把茶壶放进厨房，它立刻完美地融入环境，仿佛已经在那儿放了好多年。我没用它煮咖啡，始终只是烧烧开水。偶尔也会想起纪录片中茶壶出现的那一幕，或是突然转过头看到自家厨房里的那只，有时甚至觉得比电影场景还美。不过，我也是到最近才知道昂蒂·诺米斯耐米（Antti Nurmesniemi）这位芬兰设计师的。

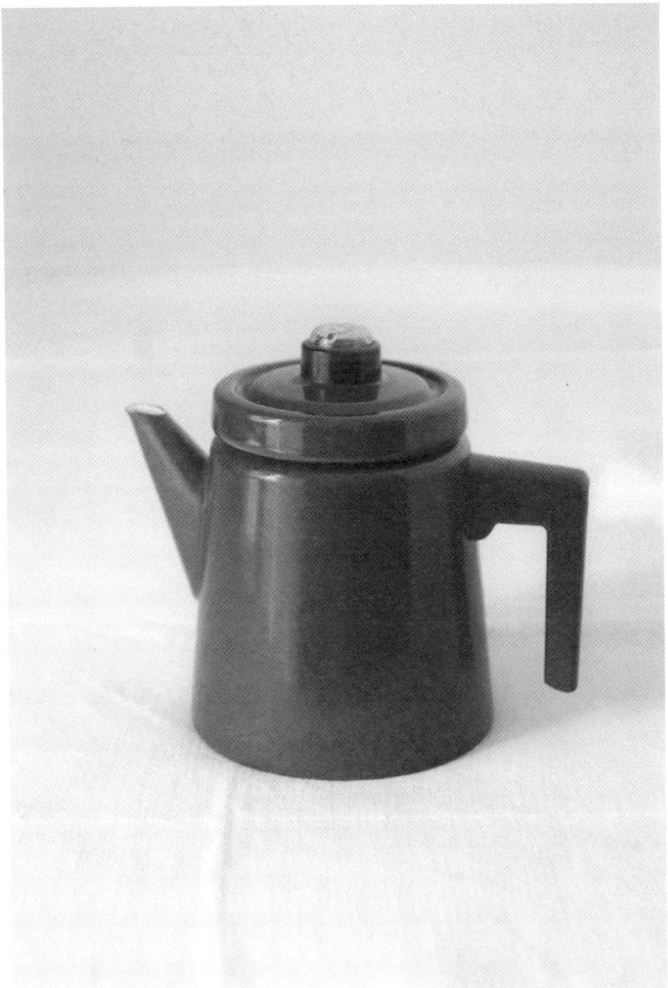

035 Filofax 笔记本

"这阵子我满脑子都是'matière'。这个词的意思是材质，另外也表示质感、触感。我常想，身边虽有各式各样的人或物或存在，他们的matière是真实的吗？就像家人、朋友、情侣、同事、邻居，这些活生生的存在的matière；生活中的大小事、知识、经验，这些信息中的matière；日常少不了的衣食住行的matière；爱、恨、欲望等情绪里的matière。其他像是触碰后的黏腻感，或是紧握之下的湿润，也只是当下才会有的体验，之后这些matière到哪儿去了？有时甚至连自己本身的matière也都快忘掉了。"

我把这些想法写在某一天的日记里。这本英国制Filofax笔记本，是我二十岁左右购买的，上面留着一段段我诉诸笔端的想法，现在已经多得数不清了。当年抱着破釜沉舟的心情买下的这本Filofax笔记本，我一直用到今天。活页式的内页可以自由组合，足以做出独一无二的专属笔记本，但我也是直到二十五年后的今天才找到了最理想的组合方式。现在它已经超越了电脑和智能手机，成了我记录下各式各样matière感受的珍贵工具。我打算一辈子用下去。拿着笔记本走在路上，手上的分量让心里踏实，也有几分骄傲。

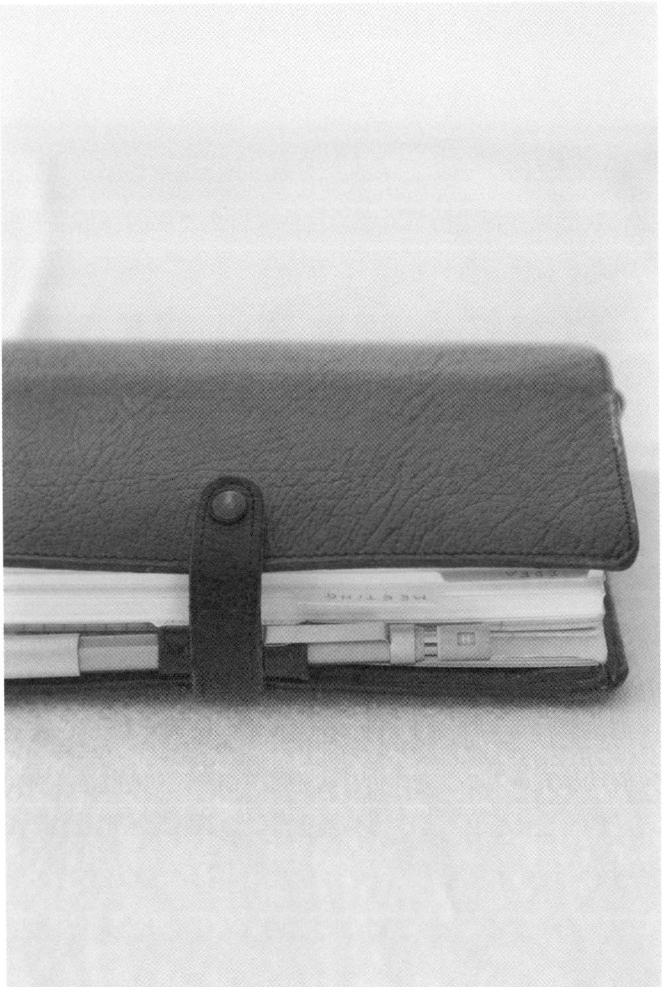

036 克莱曼婷·杜普雷的小碗

我喜欢水,身边有水就会安心,所以无论住家还是工作室,我都挑在河川附近。水,这件大自然恩赐的、生生不息的礼物,抚慰了我的心。

在家我也会放只水瓶插上一束鲜花,餐桌上、窗边则放些盛水的小碗。只是简单的小摆设心情就会豁然开朗,往往会望着水面出了神,感觉仿佛碰触到了最高尚的美。

克莱曼婷·杜普雷(Clémentine Dupré)的小碗装水后就像有了生命一般会呼吸,碗身轮廓及水面配合水的律动轻轻柔柔地打着颤。

艺术家克莱曼婷·杜普雷十岁开始学习陶艺,她的作品勾勒出的有机线条,总能营造出一种栩栩如生的造型之美。纤细洁白的利摩日瓷器(Porcelaine de Limoges)上,一丝游曳的蓝色线条更加突显。白与蓝两色的组合,竟是这么生动!

指导克莱曼婷·杜普雷美学的,是法国艺术家丹尼尔·贾杰雅克(Daniel Jasiak)。以前日本代官山地区还有他的周边产品店,店里摆了很多克莱曼婷·杜普雷的作品,甚至比巴黎店铺的还多,可惜现在已经没有了。每个来过我家的访客都很想要,因此这种能放在掌心的小碗就是我以前送礼的基本款。

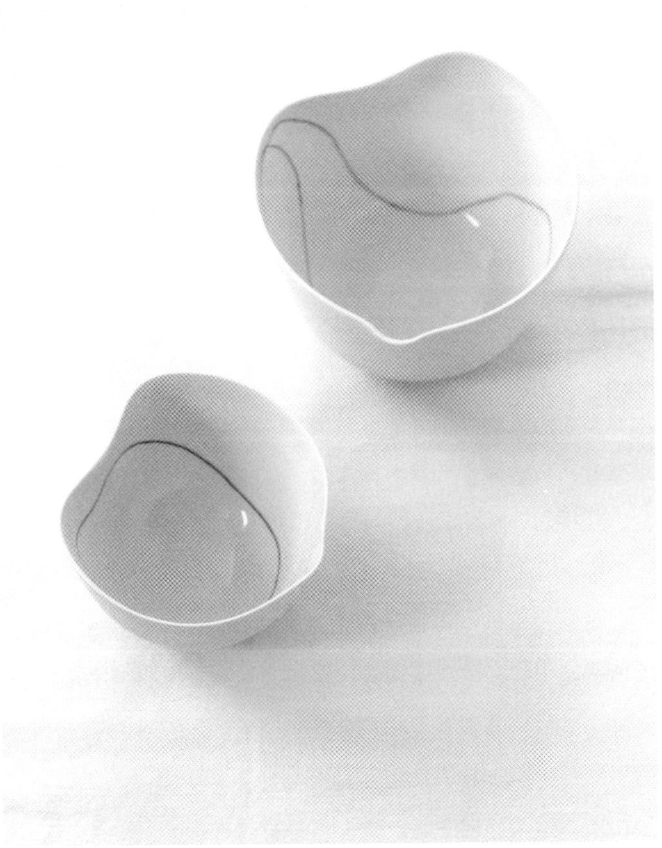

(037) 博利纳斯与布劳提根

博利纳斯（Bolinas）是面向旧金山湾东北侧雷伊斯角（Point Reyes）的一个小村落。知道这个地方，是曾在一本书上读到作家理查德·布劳提根晚年就住在这里。

要去博利纳斯并不容易，有两次即使我随身带了地图，还是不断迷路，最后只好放弃。后来才知道，原本立在进村小路旁的标识被拆掉了，以致我第三次去才终于找对地方。

博利纳斯是个很美的村子，让人恍若置身欧洲。那里的人非常温和善良，海景、山色、天空，无论望向哪里都是梦一般的景致，仅仅这些便足以让我这趟旅程心满意足，最后也没去找布劳提根的故居就离开了。

几年后，摄影家戎康友拜访了博利纳斯的布劳提根故居，听说事前没有申请，但竟奇迹般地获得了许可，摄影家这种人经常会经历这类奇迹吧。光是坐在一旁听着他讲前往博利纳斯的旅程和在故居停留的短暂时光，我就觉得好幸福。

几天后，戎康友寄给我一张照片，拍的是布劳提根过去常用的打字机。我突然想起伯克利一家二手书店的老板曾说过，要读布劳提根的诗，就得读打字机打出的字体。

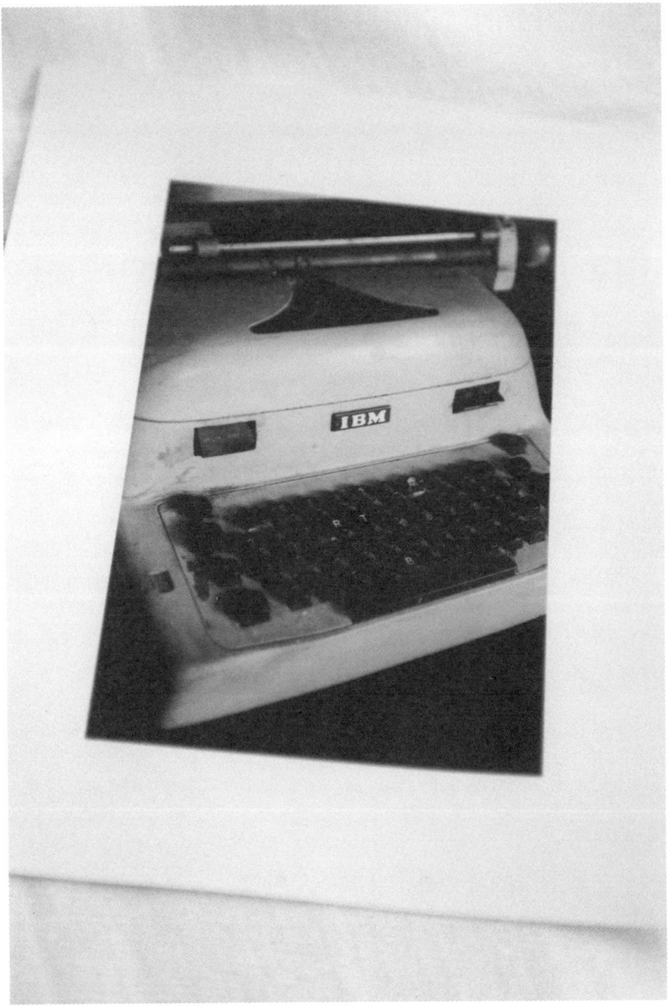
IBM

038 日田市的"目笼"

在法国期间我常常在早晨的马赛港散步，看到渔夫把渔获放进坚固的铁丝篮里搬运，圆桶状的外形，还有提手，设计得很美。回到住处，不经意瞥了浴室一眼，发现装换洗衣服的篮子竟一模一样，不禁脱口而出："这跟我早上看到的一样啊。"住了这么久，为什么之前都没发现？真是奇怪。我提起铁丝篮，发现比想象中要重，与其说是日用品，更像实实在在的生活工具。我喜欢这种不折不扣的好东西，本想带回日本，但考虑到尺寸和重量最后还是作罢。

Silta 是手作论坛发行的刊物，专门介绍手工制作的产品，上面提到一种名字奇怪的竹编篮子叫"目笼"，那迷人的外形令人印象深刻。介绍上说这是由大分县日田市的专业师傅制作的，据说是用来装芋头的工具，将整篓芋头浸在河水里便能把表面沙土冲掉。目笼的"目"指编织的网目，"笼"则是笼子。

它圆滚滚的可爱外形让我一见钟情，于是买了一个放在家里用来装换洗衣服。篮身下还有四只脚，放在地上非常稳。我觉得这比马赛的篮子还棒！

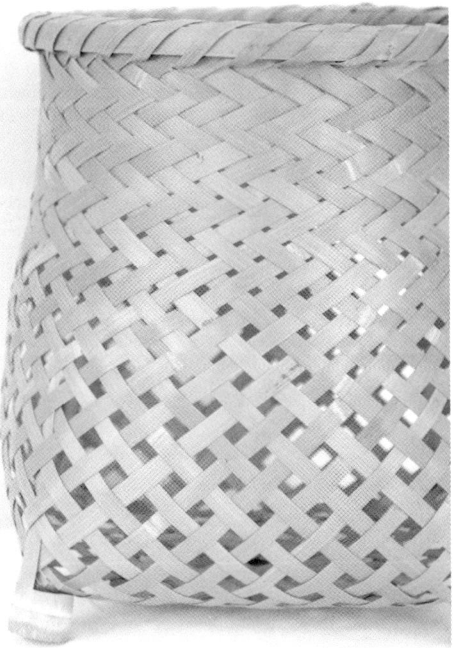

039 Kern 的 Macro Switar 镜头

说我喜欢相机，不如说我喜欢镜头准确。

C-Mount 镜头，是战前制作的用于拍摄十六厘米电影的多款镜头，其中标准装配在 Bolex 摄影机上的 Kern Switar 25mm 镜头，最广为人知的魅力，就是柔和的描绘能力，引得许多摄影迷翘首期盼，不知道这么棒的镜头能不能用在数码相机上，这份企盼直到这几年微单眼相机开发普及才得以实现，利用专用转接环，就可以装上这些 C-Mount 镜头。而且现在的数码相机几乎都可以录影，配上 C-Mount 镜头，就能重回往日美好时代，再现十六厘米底片拍摄出的影像。

Kern 的 Macro Switar 26mm F1.1 是标准 25mm 镜头的高阶机种，不但能拍微距，还有开放光圈 1.1 的惊人光量，装在微型 4/3（Micro Four Thirds）系统的数码相机上，甚至有等同 50mm 镜头的视角，微距的拍摄相当柔和，线条清晰，显色也很特别；更令人惊喜的是散景宛如油画一般美丽。

虽然必须手动对焦、曝光，但这些操作让影像呈现的过程更添乐趣。

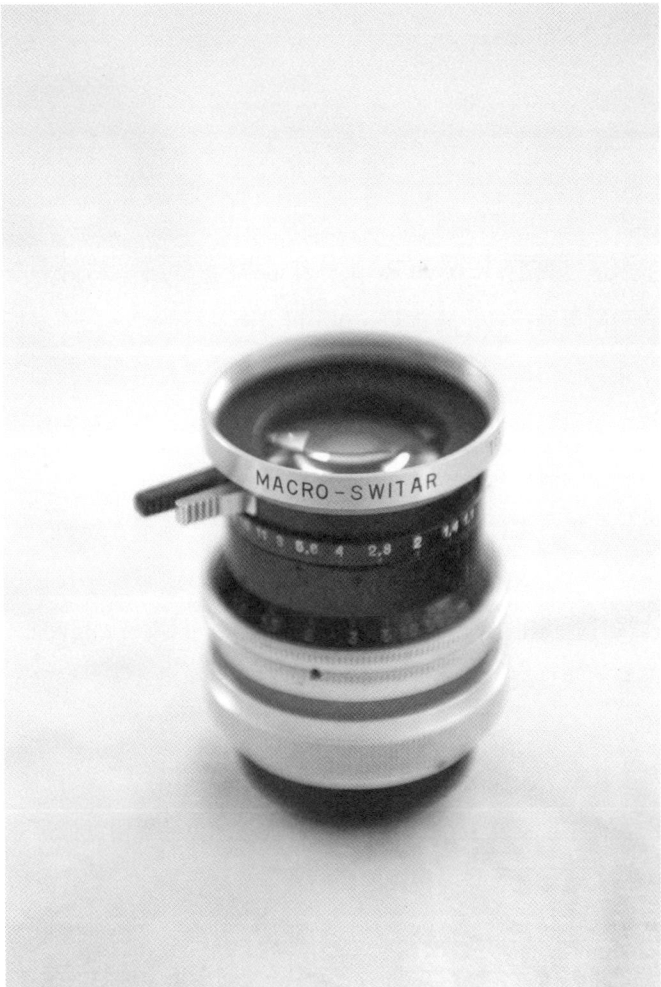
MACRO-SWITAR

⑷⓪ 鲁斯

人生有两个原则。一是不计较代价,一是绝不做自己无法全情投入的事情。

这是鲁斯(Everett Ruess)日记中的一句话。带着一条狗和简单的行囊,骑着驴子在美国荒野旅行的他,二十岁那年在犹他州的沙漠中失去音讯。有人说他是冒险家,我却不这么想,我觉得他热爱美洲自然的壮阔之美,是个身在现代备感苦恼而自我放逐的诗人。

我出门旅行一定会随身携带的一本书,就是 *A Vagabond for Beauty*,集结了鲁斯旅程中的信件和诗歌。旅途中我会一次次打开这本书,阅读他留下的只字片语,试图碰触他的心,但翻阅间总会对着书页中他不时出现的肖像照入迷,很难走入他的心。

他踏上旅程是在一九三〇年代。照片上年轻人一件衬衫、一条棉布裤,跨坐在驴子上就像在放学回家的途中。他带着稚气未消的笑容只身前往险峻的沙漠溪谷,那模样简直就像扮成牛仔的孩子。他在想什么,遇见了什么,又要往哪里去呢?我凝视着他的照片,久久不能自已。活着,就是幸福。

我看着鲁斯的模样不禁想到了自己。

Everett Ruess : A Vagabond for Beauty / W. L. Rusho / Bibbs Smith / 1973 年

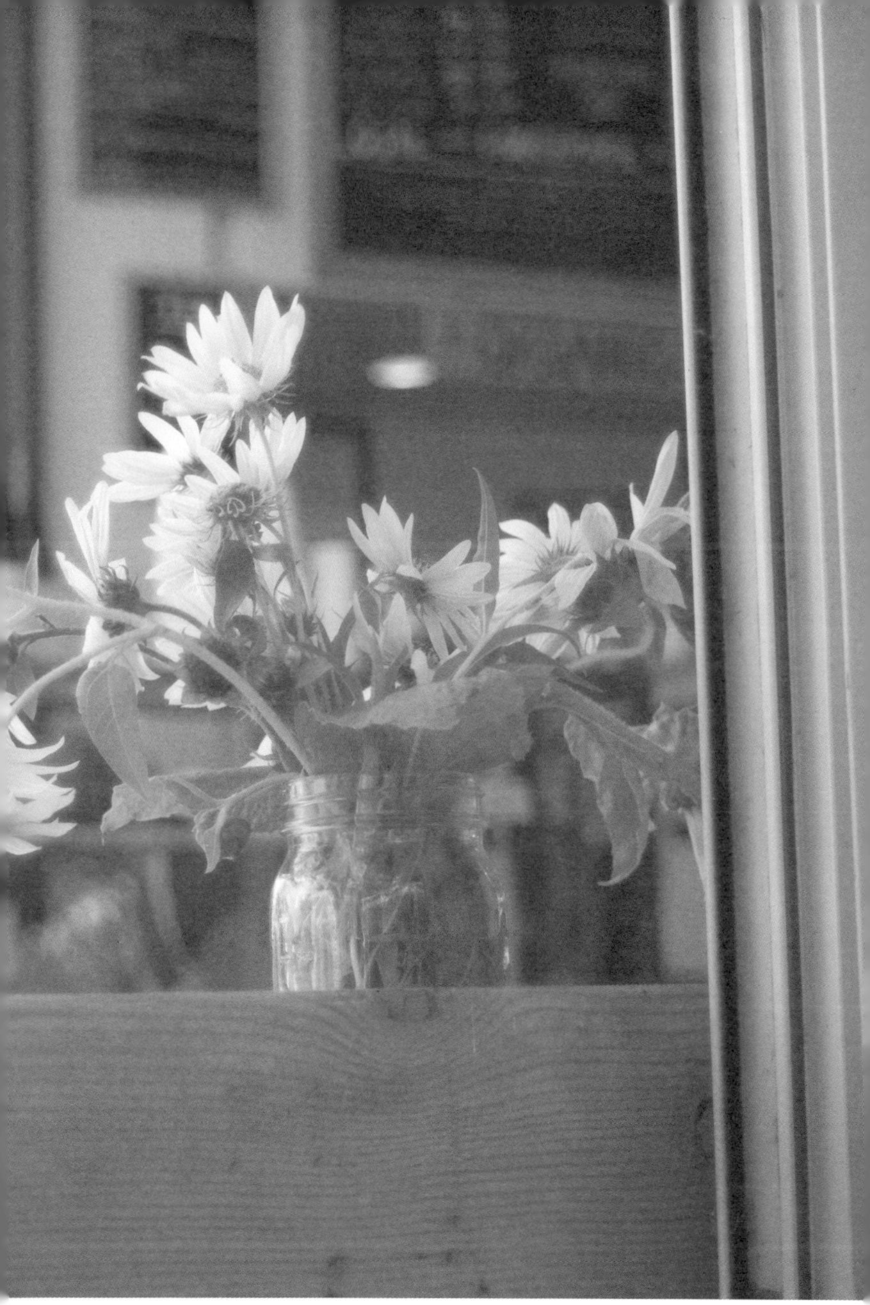

041 玛格丽特·霍威尔的麻质衬衫

衬衫我喜欢牛津布跟麻的质感,所以我只有这两种质料的衬衫。某次在访谈中聊到衬衫,我坦言自己冬天也穿麻质衬衫,对方听了大吃一惊。事后我才意识到,服装穿搭也有季节性,我这样的确有些不合时宜呢。不过,寒冷的冬日,在暖和的喀什米尔毛衣里穿一件麻质衬衫代替内衣,那种清爽的美妙感觉,真希望大家也能试一试,我要说的就是那种当成内衣穿的舒适感。

玛格丽特·霍威尔(Margaret Howell)的衬衫质感上佳又时尚,什么时候穿上身都很轻柔舒适,它算是我的基本款吧,我常备着好几件,既能搭正装,也是出门时少不了的旅途良伴。就像我前面说的,麻质衬衫我一年穿到头。

麻质衬衫洗好后,如果平摊晾干就不需要再熨烫,出汗或脏污不严重的话,可以连穿两天。第二天衣服上出现的皱折,也就是领口、袖子这些位置会变得特别服帖,我很喜欢这种感觉。就像隔夜咖喱更好吃的道理一样,隔天的麻质衬衫看起来别有风味。另外,麻质衬衫最好把扣子扣到最上面一颗,千万不能糟蹋了玛格丽特·霍威尔衣领展现的美丽线条。

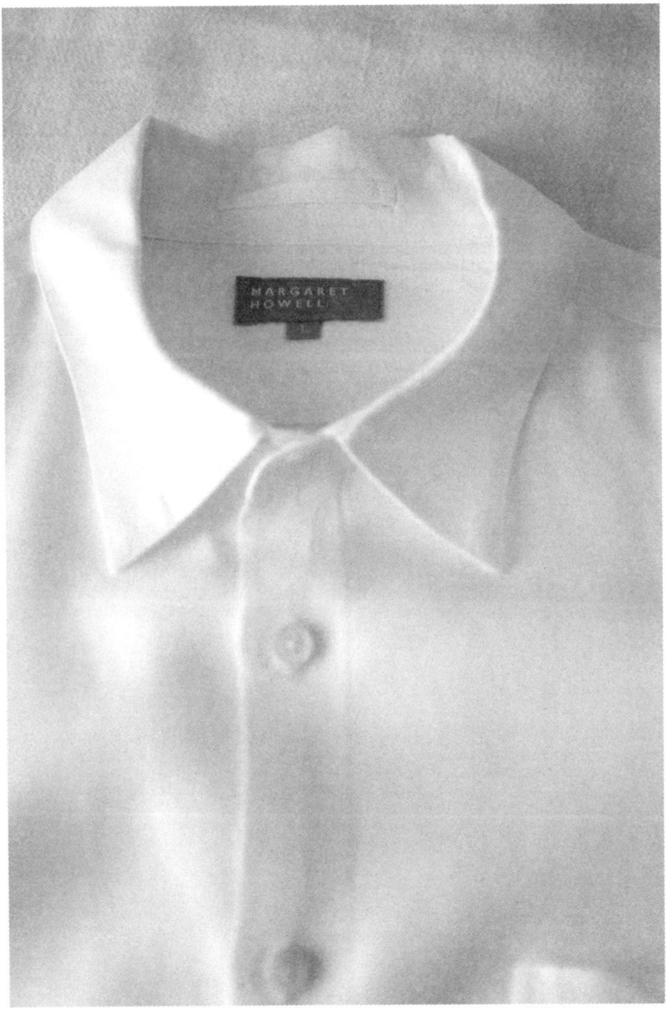
MARGARET
HOWELL

042 彼得 & 唐娜·托马斯

从 L.A. 开车一个半小时即可抵达圣塔莫尼卡（Santa Monica）。那个早晨天气非常晴朗，我想吃早餐，便走进一家有机咖啡店。那家店在一棵大楠树旁，茂盛的叶子刚好能遮住阳光。在三个年轻女孩打理的这家咖啡店里，手工面包和咸派最受欢迎，小小一家店却热闹非凡。看着准备早餐的忙碌身影，心底也升起一片暖意。

在旧金山的一个书展上我结识了展出袖珍书的彼得与唐娜夫妻（Peter & Donna Thomas），打算有一天能去圣塔莫尼卡拜访他们。一联络上，他们还记得我，而且很欢迎我去，他们的家就在圣塔莫尼卡美丽的海边悬崖上。

彼得的身材颀长，像登山家一样，穿花衬衫非常好看。唐娜则是一身连体洋装配白袜，像小女孩似的梳着辫子。其实他们都已经超过五十五岁了。两人过着自给自足的生活，吃的是屋旁田里种的蔬菜，日常需要的工具、杂货全靠手工制作，他们的理想就是重返百年前的生活。归隐生活始自先生送给太太的生日礼物——袖珍书。至今彼得每年都还在做。

彼得说，为爱的人做的东西最美，唐娜在一旁轻轻地点着头。

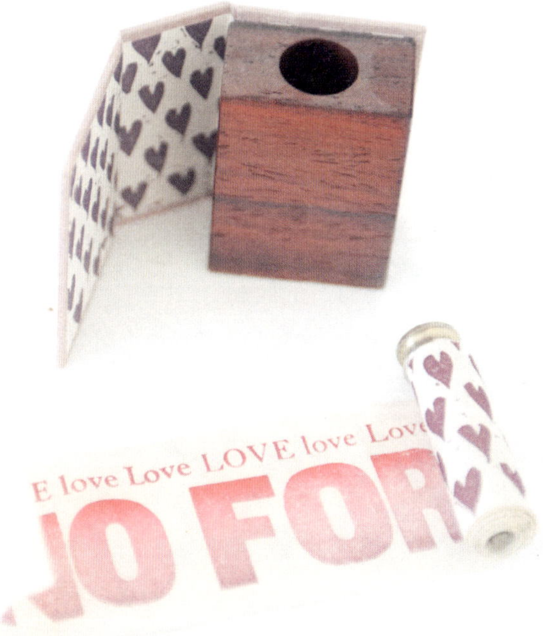
E love Love LOVE love Love

043 胡桃的回忆

约定,为实现而存在,同时带给人喜悦。和别人约定时,我脑中总会浮现这句话,另外也想起一件东西——胡桃。

小学时,每年暑假我们全家都会一起去群马的四万温泉,当年的四万温泉还是被大自然环抱的深山秘境。有几家人和我们一样,每年都会来,那些日子孩子们便每天结伴游山玩水。我与另一个同样从东京来、小我一岁的女孩熟稔起来,她妈妈因为身体虚弱,在那里长住疗养。

当夏天接近尾声,孩子们也要一个个回到自己原本的家,我因为就快与女孩分别而感到满满地不舍。

"明年再见唷。"我们一天要约定好几次,然后把山上捡的胡桃切成两半,各自拿着一半外壳。"明年再来的时候记得带着。""嗯,就这么约定啰。"女孩开心地笑着说。一直到上中学,每年都反反复复着这样的夏天。

中学时不再去四万温泉,我曾跟女孩通过电话。她问我:"那一半的胡桃壳,你还留着吗?"我觉得太难为情了,便随口说:"早不知道丢哪儿去了。"女孩淡淡地回答:"是吗?"然后轻声道了别便挂掉了电话。

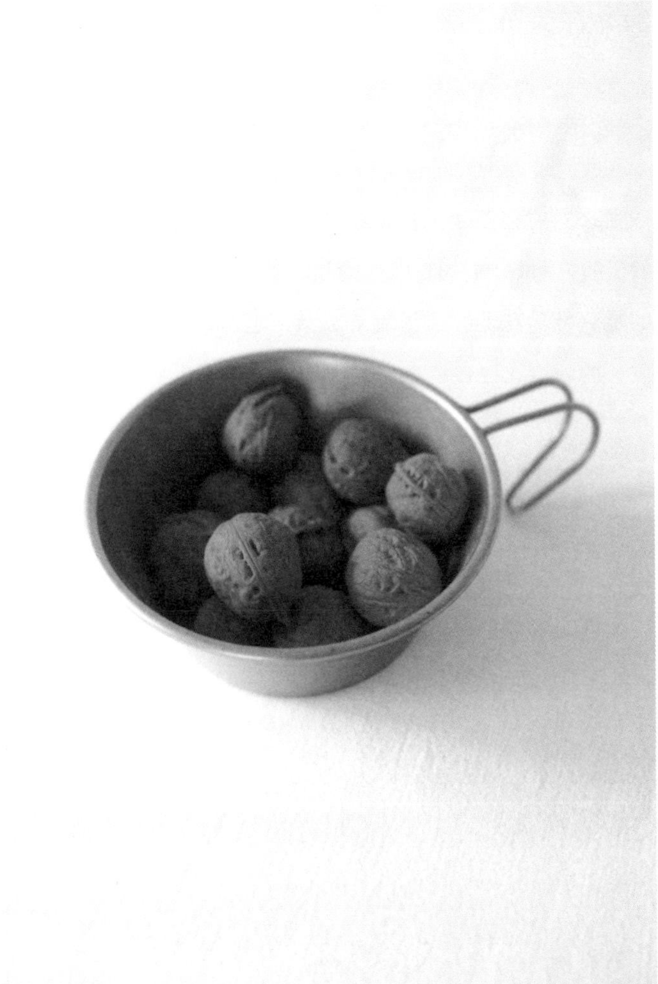

(044) 微笑饼干罐

我开着租来的车在美国各地搜寻、收集二手书跟古董时，一发现必定会出手的，就是被称为"七十年代和平与微笑"的笑脸（smiley face）周边商品。其中美国瓷器品牌McCOY的马克杯、花器、饼干罐等，从工艺品的角度看质感不错，微笑的表情我也很喜欢，前前后后不知道买了多少个。由于是手工制作，每一个表情都有些微差异，饶富趣味。

平常我不太会在家里放色彩扎眼的东西，唯独这个黄色的笑脸，无论放在哪里都能让心情平静，太奇妙了，果真是代表了和平与微笑。有一段时间我迷上了风水，听说在西边放黄色的东西会带来好运，我便放了一只微笑饼干罐，结果真的感觉运气好得不得了。

离开美国时，我小心翼翼地把微笑饼干罐放进手提包，安检时海关要检查我的行李，一打开手提包就看到了黄色的笑脸，对方脱口而出："哇！是笑脸！"然后也笑了起来，对我说："Thank you... Have a happy day!"

笑脸大概永远都是畅行无阻的通关密语。

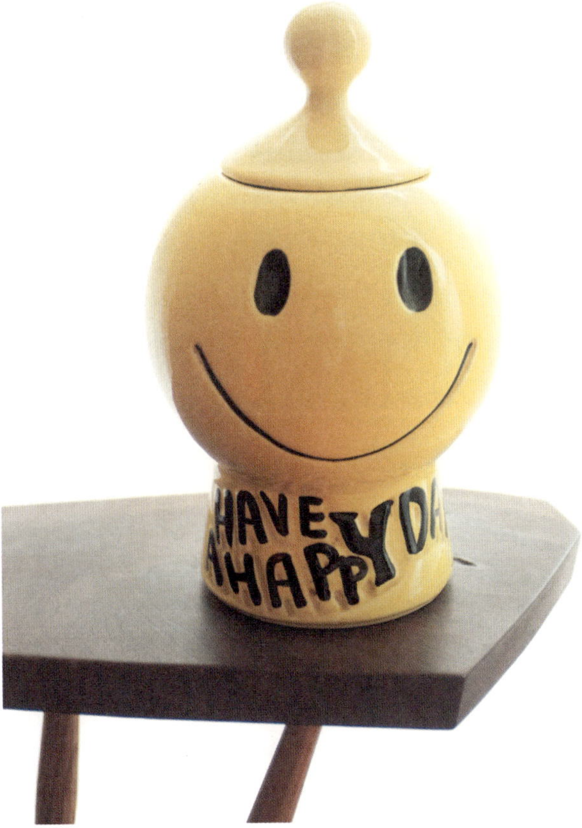
HAVE
HAPPY
DA

(045) 中岛乔治的休闲扶手椅

二十多岁时，我在旧金山的跳蚤市场买到查尔斯·伊姆斯的贝壳摇椅（Shell Rocking Chair）带回日本。买到一把合意的椅子，就像买到一栋房子那么开心。

后来伊姆斯座椅的热潮蔓延到日本，有个经营家具店的朋友好说歹说希望能把这把椅子让给他。我无意出售，便提议用其他椅子交换，于是朋友带了伊姆斯出品的另外六把木制餐椅来，他说我这把是四十年代的稀有原创作品，以六换一才公道，这样我家又添了六把新椅子。不过，因为坐起来没有想象的舒适，没多久就又被我换掉了。这让我真正意识到，兼顾美观与舒适度的椅子实在少之又少。

后来我又尝试了各式各样的椅子，却总也遇不到想带回家的。就在我打算再买一把贝壳摇椅时，很偶然地在某个展示间试坐了中岛乔治的休闲扶手椅。就是那一刻，我心中又燃起了当年从美国带椅子回来的兴奋，以及找到专属一己小天地的那种心情。好不容易找到的椅子，一旦放手必定后悔，我可再也不要重蹈覆辙了！

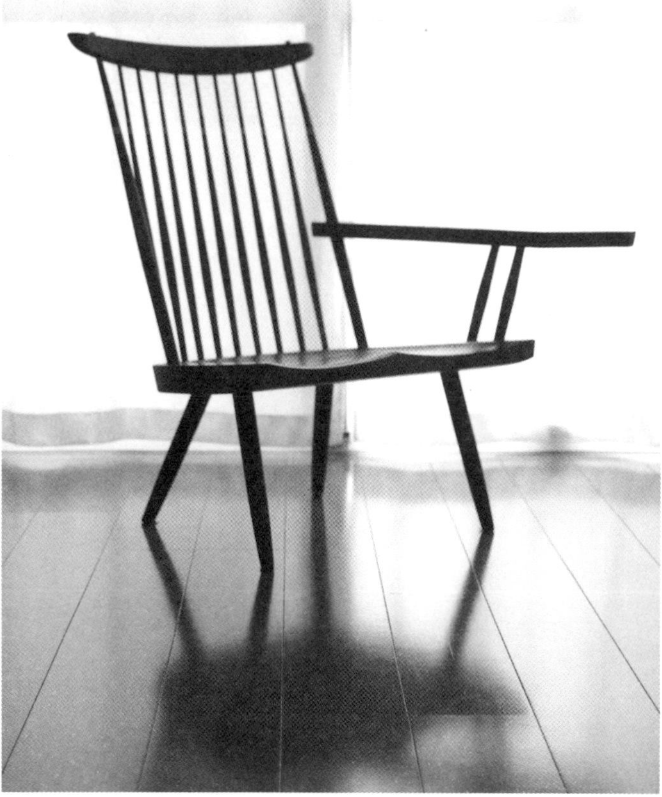

⑭⑥ Le Vésuve 的将临圈

我喜欢的花店是每天要有最新鲜的当季花草，无须争奇斗艳，而要品味高雅；店内洁净，弥散仿佛来自森林深处的芳香；而且能充分展现行家的手艺。店家不单要亲自到花市选材，还会跟花农一起栽培，到各地寻找自己喜欢的花草，这样店内的每一种花都有一段故事。这种店里的花，与其说漂亮，不如说是充满了生命之美。

开始静心思考自己喜欢什么样的花店，完全是因为高桥郁代经营的"Le Vésuve"。每次在她的花店逛逛，离开时总会带着一种更爱花的心情。

在 Le Vésuve 买花，带回家的不仅是美丽的装饰，更让人感觉到要与另一个生命好好相处。我喜欢这种单纯的心情。

每个地方都有很多花店，却不一定有那种让自己随时都想进去晃一晃的。

Le Vésuve 让我知道生活中有花朵是件多美好的事。去年圣诞，高桥女士送我亲手制作的那个将临圈（花环），仍挂在房间里。

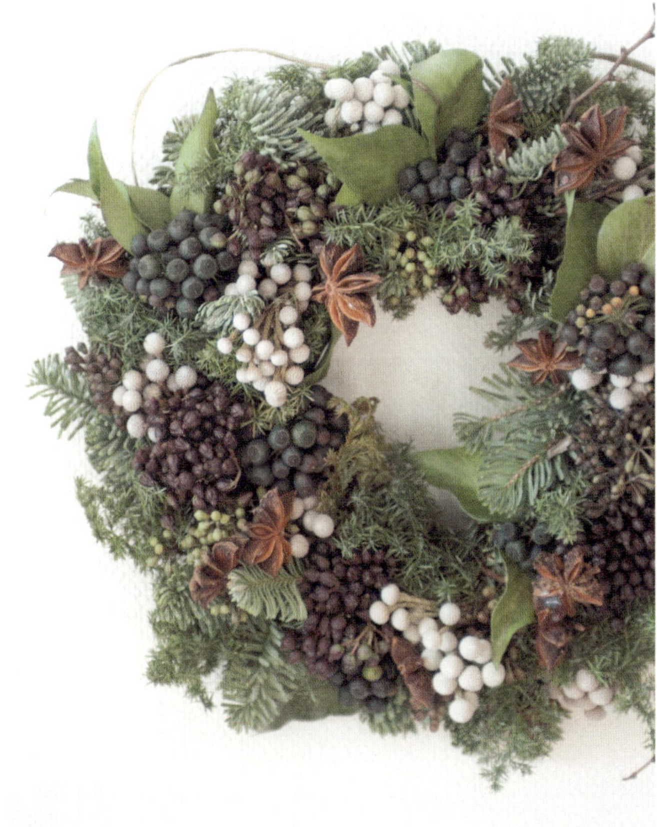

047 伦敦西瑟巷买的喷火式战斗机

我喜欢在伦敦莱斯特广场车站附近闲晃,像是二手书店街——查令十字路的小巷弄,和西瑟巷(Cecil Court)上一间间古董行和卖老明信片的小店,每次到伦敦玩都能去逛上好几天。其中我最喜欢的是卖古钱币和旧邮票的店,就像闯进玩具店的小孩,把额头贴在玻璃橱窗上东看西看,不知不觉就过了一两个小时。像是以前小饼干中的赠品——画着汽车图案的车票大的卡片,这种木版印刷特别有味道,美不胜收。我的那份喜爱已经超越了拥有,光是静静欣赏就觉得幸福。

像这样在玻璃柜前细细看着,有一次竟看到一架能放在掌心的铝制纯色小飞机,外形太美了。我一抬头,刚好跟老板视线相接。"这是喷火式战斗机(spitfire)哟。"老板说。原来是英国引以为傲的战斗机 spitfire 玩具。我请老板拿出来看,上手分量很足,上下左右每个角度看起来都很棒,我竟情不自禁脸都热了起来。标价二十五镑,但老板说算我二十镑就好。

那天我一本二手书没买,倒是买了一架玩具飞机,回到酒店开心地细细把玩一整天,又想起了小时候梦想当飞行员的那些日子。

107

048 彼得·马克思的挂钟

二十岁左右时,我帮一个住在纽约布鲁克林高地的朋友搬家,从他一大堆闲置准备丢弃的物品中找到了彼得·马克思(Peter Max)的挂钟,便向朋友讨来一直用到现在。当时我很爱六十年代迷幻风格的设计,也格外钟情彼得·马克思的绘图和设计。

直到二十多年后的今天,虽然搬过好几次家,唯独这只挂钟我始终珍惜地使用着,没有扔掉。每次决定新住处的关键因素,就是看墙面是不是白色的,无论什么样的房子,只要白色墙面挂上这只彼得·马克思的蓝色挂钟,就让人顿感安心,立刻成了自己的房间,所以屋子墙壁一定得是白色的。连我自己都觉得有点偏执。

如果问我喜欢的颜色——天空蓝。远远看着墙上的这只挂钟,就像白色墙壁上绽开的蓝底白花,如此妙不可言的美丽搭配,让我深深感动。

彼得·马克思的挂钟像一件艺术品一样融入我的生活。多年为伴也让我多少体悟到什么是"生活的艺术"。

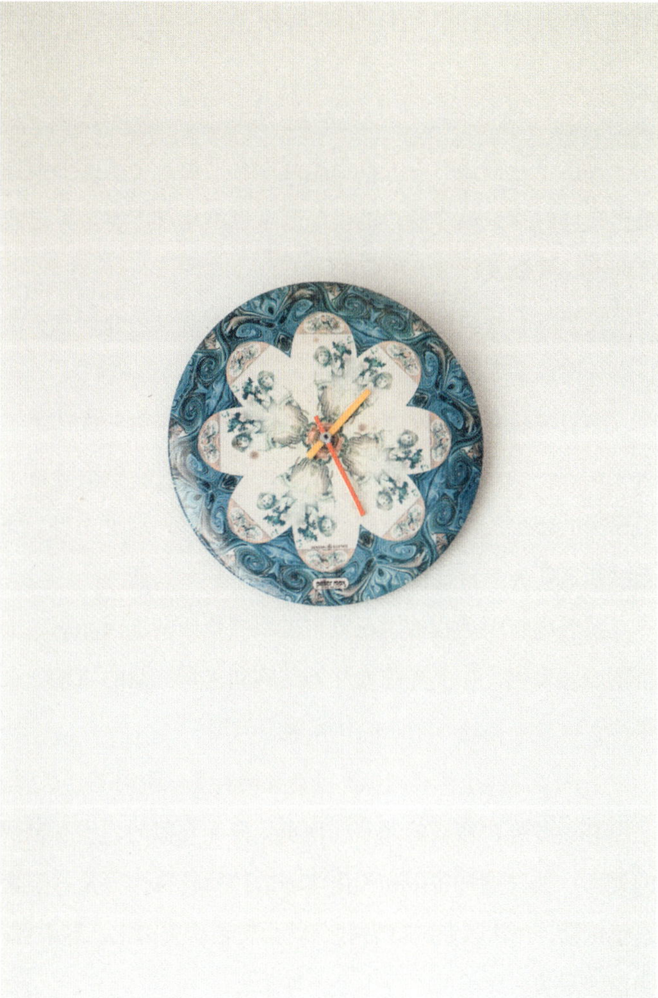

049 新美南吉的《小狐狸阿权》

我这个开书店的人，自己家却没有书柜，手头的书仅仅是正在读的和想放在身边的，加起来也不超过十本。不过我这么说，大概没什么人相信吧。

我想放在手边的几本书中，最珍惜的就是一九四六年新日本少国民文库发行的新美南吉的《花木村与盗贼们》。

小时候我在附近儿童会馆的说故事时间，第一次认识了新美南吉的《小狐狸阿权》，这个悲伤无奈的故事给我留下了深刻的印象。那时我只知道《小狐狸阿权》这个书名，完全不知道新美南吉这位英年早逝的作家。

新美南吉因为在铃木三重吉主编的童话杂志《赤鸟》上投稿而被发掘，作品趣味盎然的结构和丰富充盈的情感让众多读者以及支持这本杂志的作家顿感惊艳。

当我知道《小狐狸阿权》是新美南吉十八岁时的作品时，心中有一种难以言表的悲哀，他童年像弃儿似的，没有亲情的关怀。他将这种苦闷和天生虚弱的体质转化为力量，孕育出了童话。每次读《小狐狸阿权》就会想到新美南吉。思索着，悲伤就是美，而美的本身也是一种悲哀。

《花のき村と盗人たち》／新美南吉／国民图书刊行会／1946 年

⑩ 茂助糯米丸子

我每个月会有一两次到筑地市场吃早餐。每次都去"茂助糯米丸子"这家店点蛋花年糕汤,从没变过心。

"筑地这些老板,鱼市一收摊,就去茂助吃年糕汤,边吃边给心爱的人买伴手礼,挑了糯米丸子的咸甜外带盒,从盒子里抓一串吃,开开心心离开市场。"十几岁时关照我的长辈这么跟我说,如今我也这么做。

现在说茂助的糯米丸子到底有多好吃,实在没什么必要。对于那些只吃过噎在喉咙里的糯米丸子的人,我只能说句"深表同情"。茂助的糯米丸子,只要吃过一串保证完全颠覆你心中对糯米丸子的印象,怀疑过去自己吃的到底是什么。

最小盒十二串,有红豆沙、红豆泥、酱油三种口味,每种四串装成一盒,这就是咸甜外带盒,当然也有大份装的。现在百货公司里也能买到茂助的糯米丸子了,不过还是市场老店里由老板娘亲自装盒的最棒。

早上八点左右鱼市收市时最拥挤,所以像我这种外人大概九点左右去就好。店里最受欢迎的红豆饭,必须事先电话预订才吃得到,其他像寿甘这类红白色的糯米点心,或是金锷烧*、铜锣烧等也都很好吃。

＊日本传统甜点，以薄面饼皮裹红豆馅，做成圆饼状煎熟。因形似日本刀刀锷而得名。(译注)

051 劳力士的 Explorer

接下《生活手帖》总编辑一职时,我心想着不要急,花三年时间慢慢把这份杂志翻新。

三年后,虽然只是一小步,但我切切实实感受到小幅的迈进,觉得很欣慰。说是这样说,其实也没什么好庆祝的,我又定下了一个三年目标想静静踏出新的一步。没想到家人送了我一份令人喜出望外的礼物,礼物卡上写着"三年来辛苦了"。我开心得忍不住眼角泛起泪花。

礼物是一块手表,劳力士的 Explorer,不知他们在哪儿淘到的,出厂年份正是我出生那年——一九六五年。有时家人会问我想要什么,我常半开玩笑说想要跟自己同年纪的东西,原来他们都一直默默记在心里,自己这么任性真是不好意思。这块表不好找,价格应该也不便宜,如果在外国工作几十年,收到一块纪念手表还说得过去,而我不过做了三年,总觉得受之有愧。家人说,因为我从没在一家公司任职过,这份礼物除了奖励我认真工作了三年,也希望我再接再厉。

虽然很开心,但想到手表背后这份教人难忘的叮咛,心情真是有些复杂。

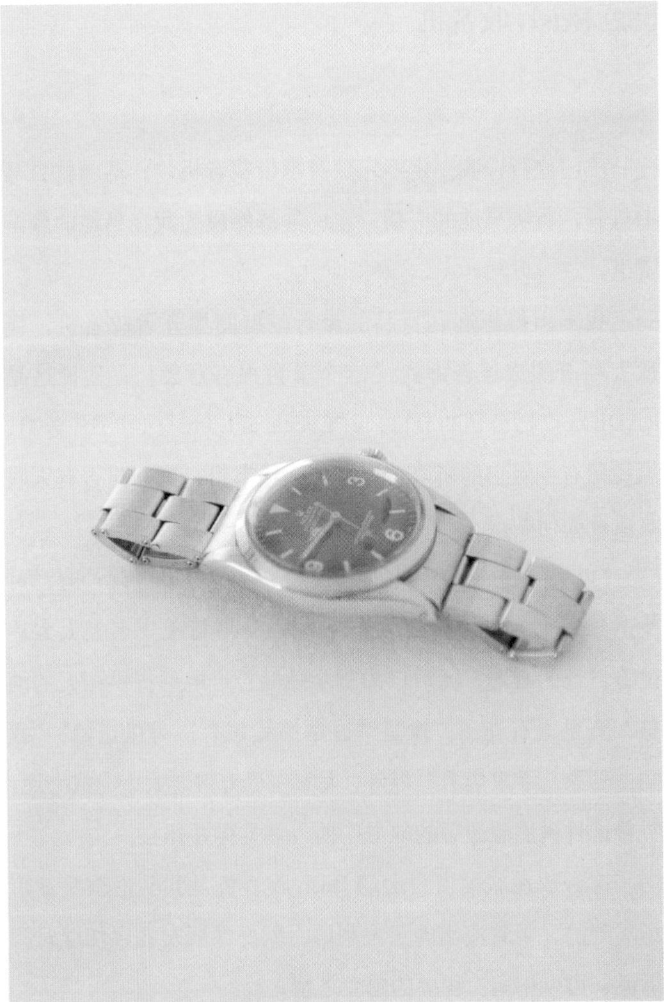

(052) Bush 收音机

出门旅行，我一定不忘随身携带收音机，一落脚就会马上打开，听听当地的广播，连广告都能成为我在当地的旅游资讯。

我不由得想起在罗马的旅行，房间里开着收音机，懂意大利语的旅伴告诉我："这个节目很有意思！"他说这是RADIO3 广播公司的节目，叫"Caccia al Libro"(《寻书任务》)，想找稀有绝版书的听众可以打电话给节目，询问是否有人收藏以及如何购得。

"以前读过一本充满回忆的书，现在很想再读一遍，可找遍二手书店也没找到，苦恼得很。"节目里一名老太太述说着自己的心愿，而后广大听众陆续打进电话提供相关的消息，真是太有趣了。像是"这本书我家有，可以送她""我知道哪家二手书店有"等等，大家在尽力帮老太太完成心愿。听着这种满溢着温馨的地方广播，会觉得好开心。

这台放在旅馆窗台上的 Bush 收音机是我从伦敦跳蚤市场买到的，听着流出的意大利语，就好像朋友在亲切地对我诉说，可以稍解旅程中的思乡之情。

收音机果然是旅程中的必需品。

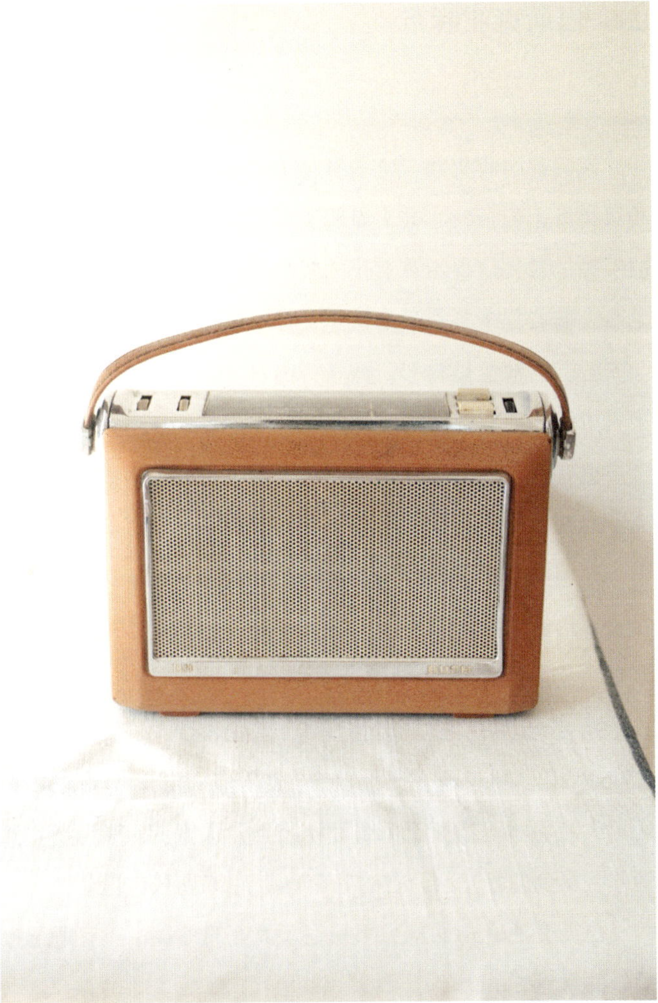

053 巴斯克亚麻布

说起我的收集癖，唯一算得上的是收藏白手帕了。不过我只是外出旅行时才会大量购买喜欢的爱尔兰亚麻和海岛棉白手帕，或许这也不算真正的收集吧。话说回来，同样的手帕我大概有二十条。只要认定一样东西，手边多准备一些就会安心。其他像是衬衫、袜子、内衣、毛巾什么的，我也向来只用同一种不会换来换去。

也有些东西是我喜欢却无法大量收集的，比如古董巴斯克亚麻布（basque linen）。这种亚麻布我会拿来当床罩、桌巾，但纯白棉质滚深色海军蓝边的传统巴斯克亚麻布却很难找到，尽管家里大大小小算起来也有十条左右，却是花了十多年才收集到的。

几年前，代官山地区有一间生活用品店"Maison Godnarski"，不过现在已经歇业，这家店的设计师丹尼尔在店里大量售卖巴斯克亚麻布，让我十分意外。以往得飞到法国才找得到的好东西，在这家店也能买到品质不错的。

巴斯克亚麻布的魅力不只在于漂亮的外观，还有愈用愈柔软的触感。

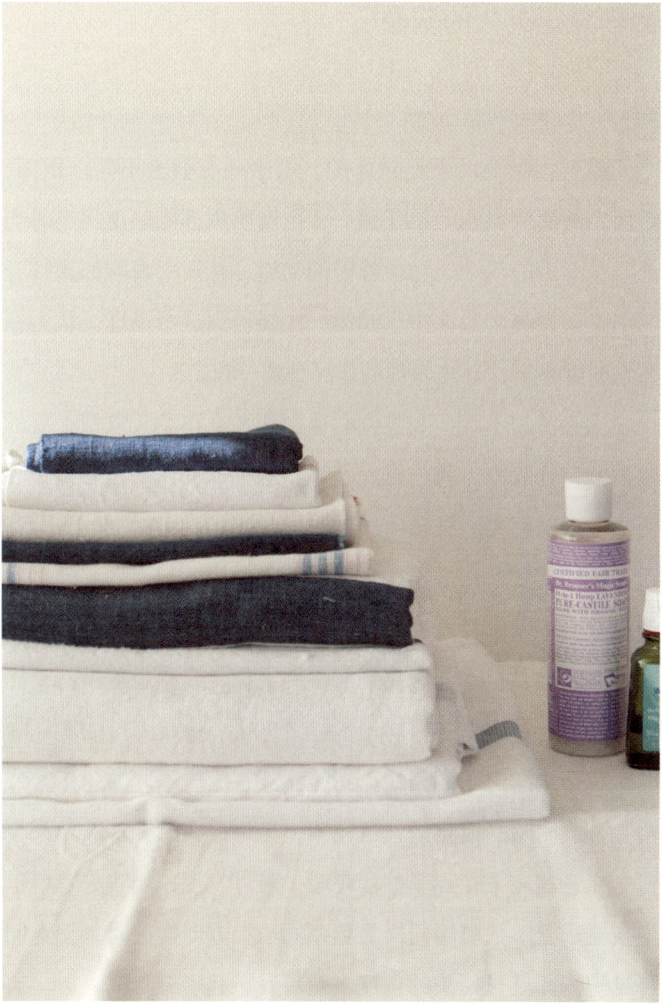

054 立花英久的塑像

雕刻、雕塑由于是立体的，跟绘画有很大不同，正面、后面、侧面或斜视，从任何一个角度欣赏都能感受到当时当地空气无声的流动、光影静静的交错，在每个瞬间都像打开了一个新世界。我在中学时第一次领悟到这个道理，认为在艺术的世界里，立体表现的作品独树一帜。

三年前的冬天，我收到影像创作者立花英久雕塑个展的邀请函，开展前，我一直盯着邀情函上那件作品，心中强烈的情绪难以言表，只想一直看、一直看。

个展首日，我早早在艺廊外等着开门，开展后其他多数作品看也不看，径直冲去买下邀请函上的那件雕塑，这种事还是头一次，根本无法克制心中的渴望，一心想着千万不能让别人抢走。

我会根据当下的心情，把雕塑放在屋内不同的角落，或明亮，或阴暗，或宽敞，或狭窄。无论放在哪儿，雕塑都会伫立在光线之下在那里静静呼吸。最近发现，当我靠着墙壁坐在椅子上，把雕塑同样靠墙朝同一个方向摆放时，无意间瞥见的侧面就是最美的角度。然后我想起了一句话——"人凝视时的侧脸是最美的"。

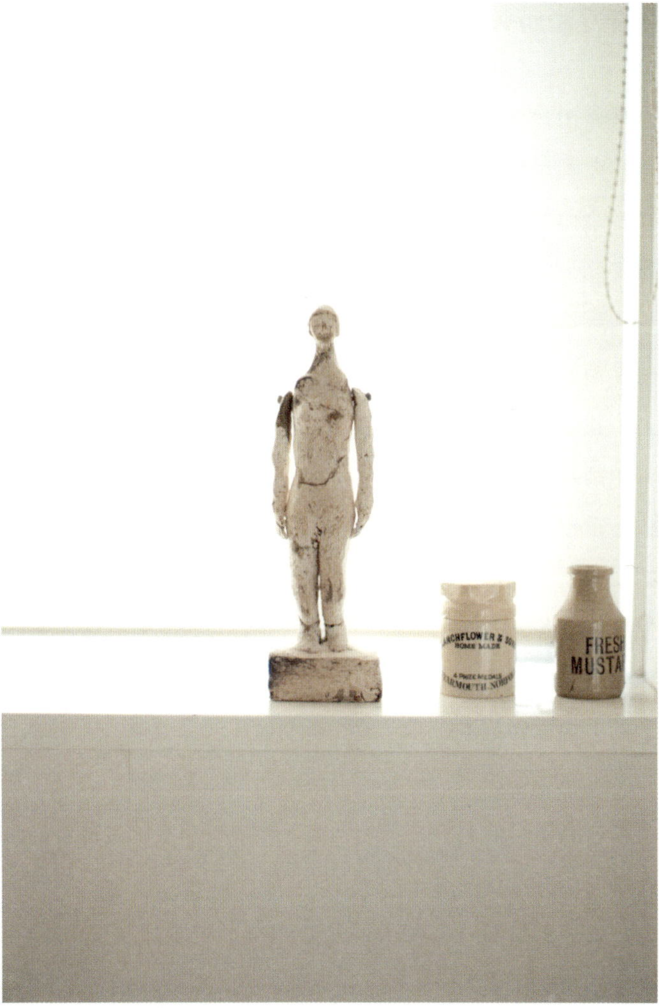
HOME MADE
FRESH

(055) *Tamiya News*

大概十岁时我非常热衷制作塑料模型。已经想不起做的第一个模型是什么了,拧紧发条能活动腿脚的螃蟹,还是靠橡皮筋弹力游动的怪兽卡美拉?总之是其中一个。如果当时遇到玩具店的塑料模型柜,我能一连盯着看好几小时都不腻。至于柜子上方书桌大小的箱子中放的大和舰和德军战车的模型,我更是像朝拜富士山似的,用几乎要看穿它们的热切眼神紧紧盯着,梦想着总有一天要拥有它们。

Tamiya News 是一本喜爱塑料模型的男孩期期翘首以盼的模型杂志。赛车、飞机、人物、战争道具……过去小男孩们喜欢的各式各样的东西都在这一本宝贝杂志里。杂志封面通常设计得像赛车上赞助厂商的贴纸,或是军方部队标志什么的,像设计范本一样,现在看到仍被深深吸引。当年那个指尖沾着模型涂料,一脸内行地读着 *Tamiya News* 的自己其实是相当陶醉的啊!尤其小学时,光是有一本就觉得自己与众不同,可以傲视同侪了。

在老家发现一整沓童年的 *Tamiya News* 时,顿时仿佛回到了孩提时代,那份喜悦让我久久沉默,几近流泪。

123

056 M8 & Summilux 35mmfi.4.ASPH

二十岁时,我在纽约炮台公园附近的一家摄影器材店买了二手的徕卡 CL,花了七百五十美元。Summicron 40mm f2 的优质镜头深得我心,我用它记录了当年在纽约生活的点点滴滴。后来因为卖书进货需要周转,这台徕卡 CL 被转卖了,那以后我用过很多相机,却再没买过徕卡。一方面是害怕染上俗称的"徕卡病",另一方面也觉得当时的自己还配不上它。

到了四十岁,我才买了一台黑漆机身的徕卡 M2。那段日子经常在国外工作,为了记录下每次旅程徕卡实在是帮了大忙。凑齐了第一代的 Summilux 35mm、Summicorn 35mm"八枚玉"*,还是稀有的黑漆机身,花费的金额实不是小数目,但能和五六十年代自己喜欢的摄影家用同样的镜头拍照,这实在让人难以抗拒。当然了,这样的镜头效果确实很棒。不过,我老是三分钟热度,近来不再迷恋古董,工作或生活中都更爱用徕卡 M8,镜头也一面倒向均衡感较高的 Summilux 35mmfi.4.ASPH。只是,徕卡病可没有就此痊愈,仅仅是暂时趋于稳定,再有任何风吹草动,保证又会马上发作的。

* 因为镜头由八片镜片组成而有此别称。(译注)

⑤⑦ 永井宏的马口铁雕塑

我还是"美国人"（深受美国文化影响）时，每次回东京都要去逛逛赤坂一家叫"Huckleberry"的外文书店。这可能是日本第一家可以在店内喝咖啡并允许吸烟的书店。Huckleberry在挑选原版书上独具慧眼，但最吸引人的是聚集在这儿的创意工作人员。

彻底搬回东京后，我在Huckleberry办了一场"老杂志展"，展出了在美国搜集的独具个人风格的五十年代西洋杂志。

我始终忘不了，那天第一位来参观的是艺术家永井宏，他鼓励我说："希望你能开一家自己心目中最棒的书店。"我听了好高兴。

借办展览之机，我在Huckleberry店内借了一点地方，开了自己的第一家书店"M&Co. Booksellers"。开业那天，从叶山远道而来的永井先生送我他的作品当贺礼，那件雕塑我一直很珍惜，放在店里当作镇店之宝。

此后我常和永井先生一起弹吉他、唱歌、读诗，共同的回忆真是说也说不完。始终在我身边鼓励我的，也是永井先生。

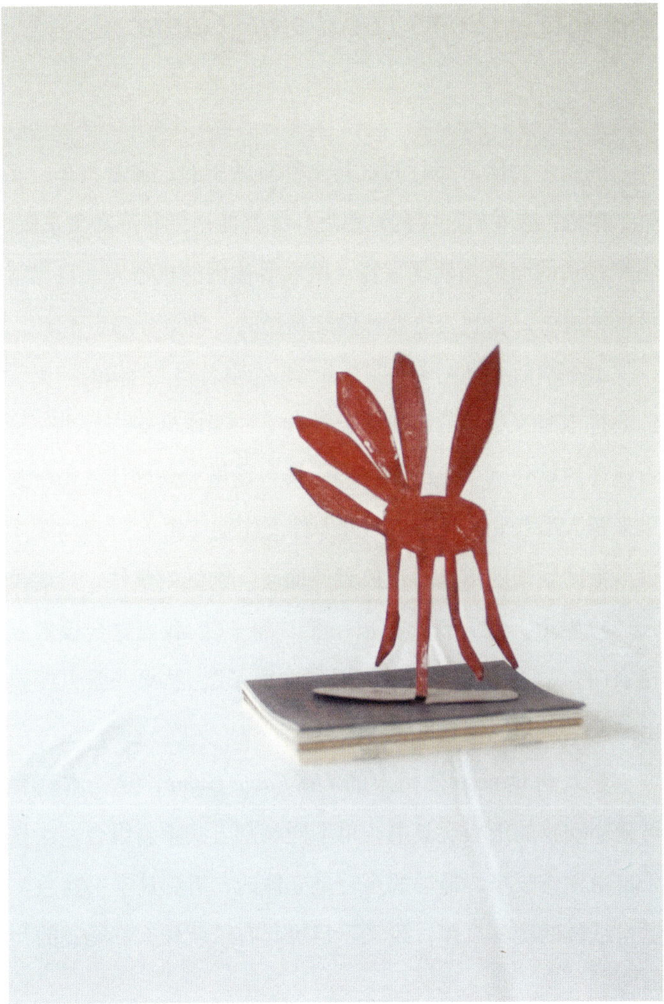

058 恩佐·马利的 *The Fable Game*

说到小时候，那时的玩具全都是纸制的，像是汽车、飞机、相机、收发机之类的，想玩什么都能用纸和零食盒来做。偶然找到的旧纸箱就是宝物，做成等比例的机器人，自己就可以钻进去，在学校里那种得意扬扬的心情至今都忘不了。

上小学后我马上学会了做纸偶戏，剧名叫"约翰的一天"，约翰是当时家里养的一只米克斯狗，一天叫到晚，故事便试着叙述约翰狂吠不止的原因和心情，结果大获好评，每次家里来客人都会要我表演。另外一件杰作是"面子"*自动贩卖机。借助硬币的重量带动放置"面子"的纸制零件，只要投入一枚硬币，下方就会掉出一张"面子"。我把这台设备放在家门口，打算贩卖引以为傲的"面子"，结果一张也没卖出去。

意大利 Danese 公司出的 *The Fable Game*，是一本画着可爱小动物的纸板玩具书，用不同切割方式重新组合，让孩子自由创作故事，最妙的是它是立体的，看到这本书就愈发觉得纸做的玩具真棒，我又不禁想起有纸就什么都能做的儿时。

The Fable Game / Enzo Mari / Danese / 1965 年
* 剪裁成圆形或方形的一种纸牌。(译注)

059 茶具组

从早上起来到夜晚就寝,我几乎一整天都在喝茶。

"所有日本茶都可以代替蔬菜。"料理家辰巳芳子的这番话乍听之下着实让人大吃一惊。不过,茶叶是植物的叶子,将它等同于蔬菜也不难理解。

自此之后我就更爱茶了,茶现在已经成了生活中不可或缺的必需品。比起一人独享,大伙儿围坐一起品尝时要更清香,和料理一样。加上我不喝酒,这种感觉就更强烈了。

我喜欢日本的煎茶和中国茶,中国茶里尤其钟爱乌龙茶。中国茶不拘泥于泡茶过程的种种礼仪,可以自由冲泡品尝,唯一需要留意的是水温。第一次泡茶可以先试试不同温度的热水,摸索出哪个温度泡的茶最好喝,这也是一种乐趣。即便手法相同,在不同的水温下,茶色和口感也大不相同。

我时常备着平日里爱喝的茶,还有一套专用的茶具,无论在多疲累的夜晚,都会感到舒适安心。两只能放在掌心的小茶罐、茶壶、小茶海、茶杯,还有一支茶匙,这套随时能品茶的用具摆在一起,就从心底感到踏实。

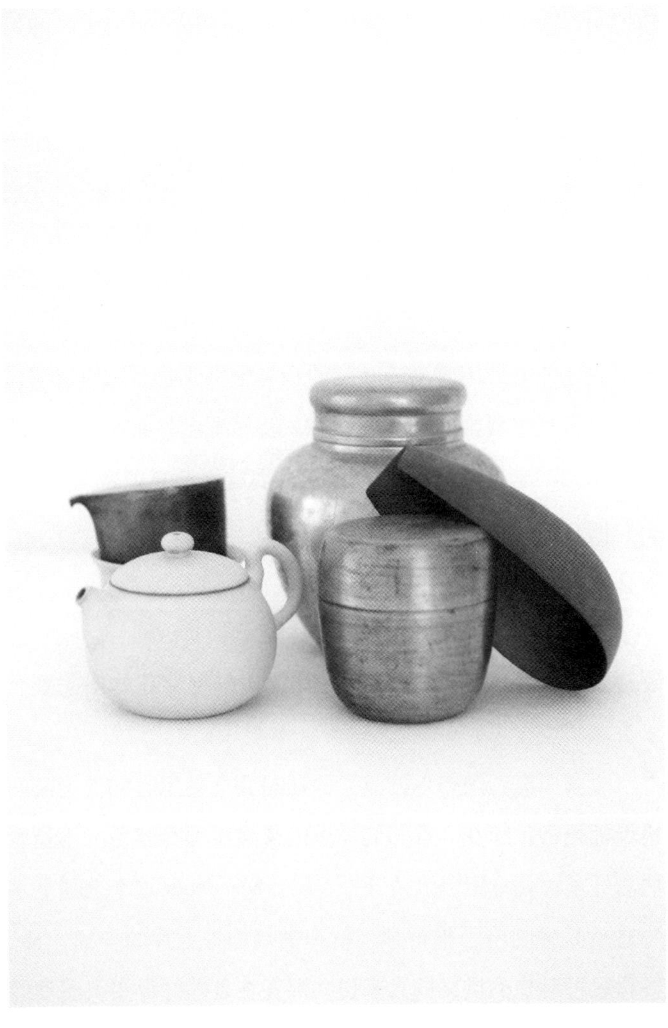

060 F. A. MacCluer 的格子棉衬衫

只有在万一发生什么事也没办法轻易回家时,才会切切实实地感受到自己真的跑到了很远的地方。在新墨西哥州阿尔布开克(Albuquerque)的郊区时,我深刻地体会到自己离家很远。

我在一家好不容易才找到的小餐馆里,吃了鲔鱼三明治跟冰红茶当午餐。那天天气很好,我便坐在外面的长椅上发呆,餐馆的老奶奶竟然切了西瓜分我吃。西瓜好甜好好吃,但我的注意力全集中在老奶奶身上那件蓝白格子棉衬衫上,实在太好看了。

"好漂亮的格子棉衬衫。"我说。老奶奶羞涩地告诉我:"已经穿了五十年喽。"多年的洗涤让原本鲜艳交织的图案别有一番风情。

至今一提到阿布尔开克,我还是会立刻想起那件美丽的格子棉衬衫。想找一件相同质感的果然没那么容易。不过既然是好东西就一定会流传开来,F.A. MacCluer 这个美国老字号衬衫品牌的格子棉衬衫,就和老奶奶身上穿的一模一样。对我这种对物品挑剔的人来说,那实在是件好得令人感动的衬衫。我打算好好珍惜,也穿它个五十年。

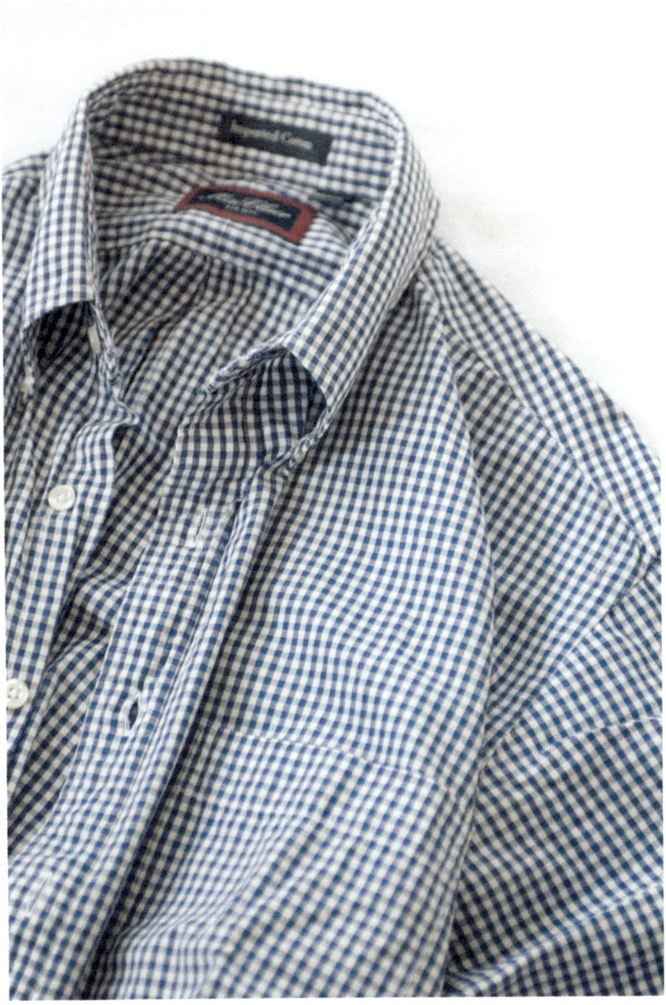

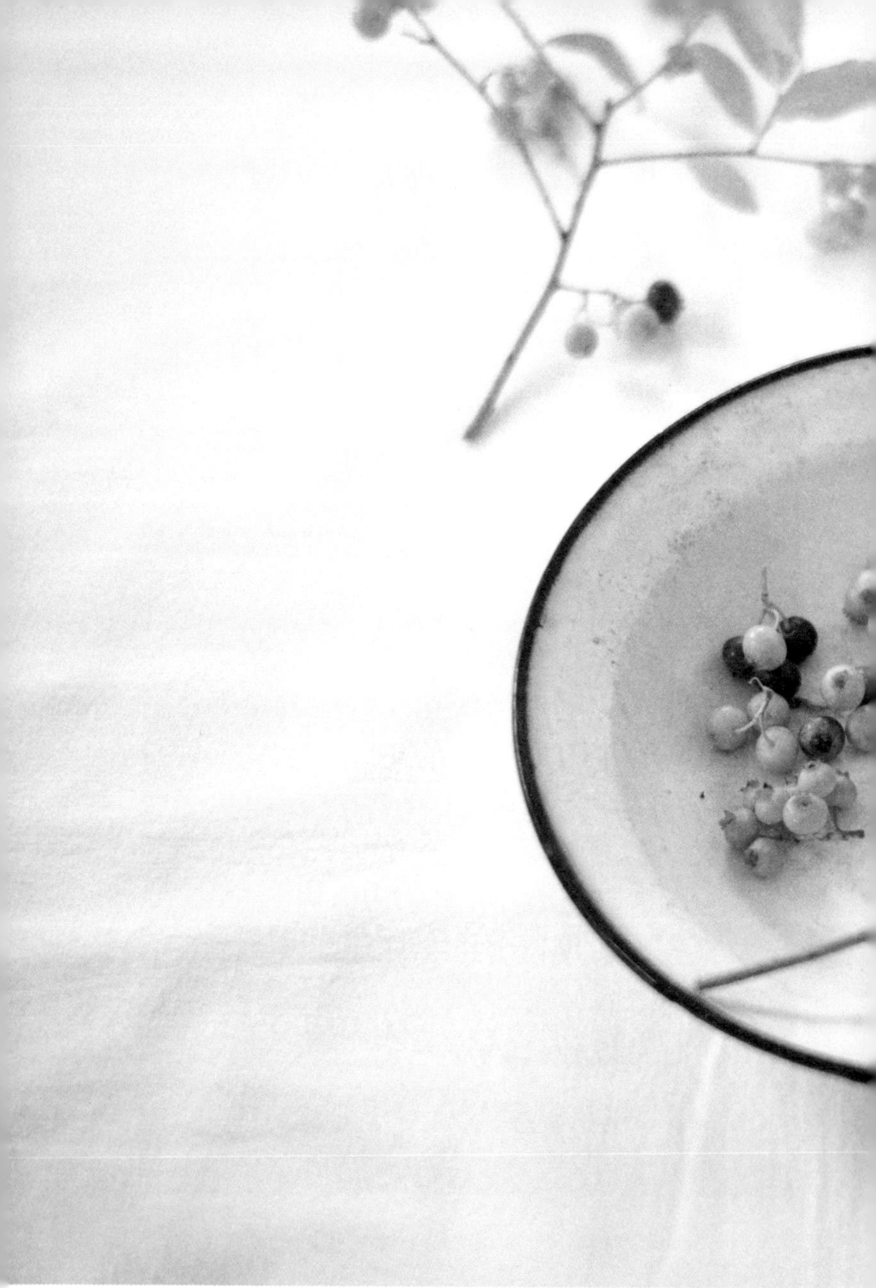

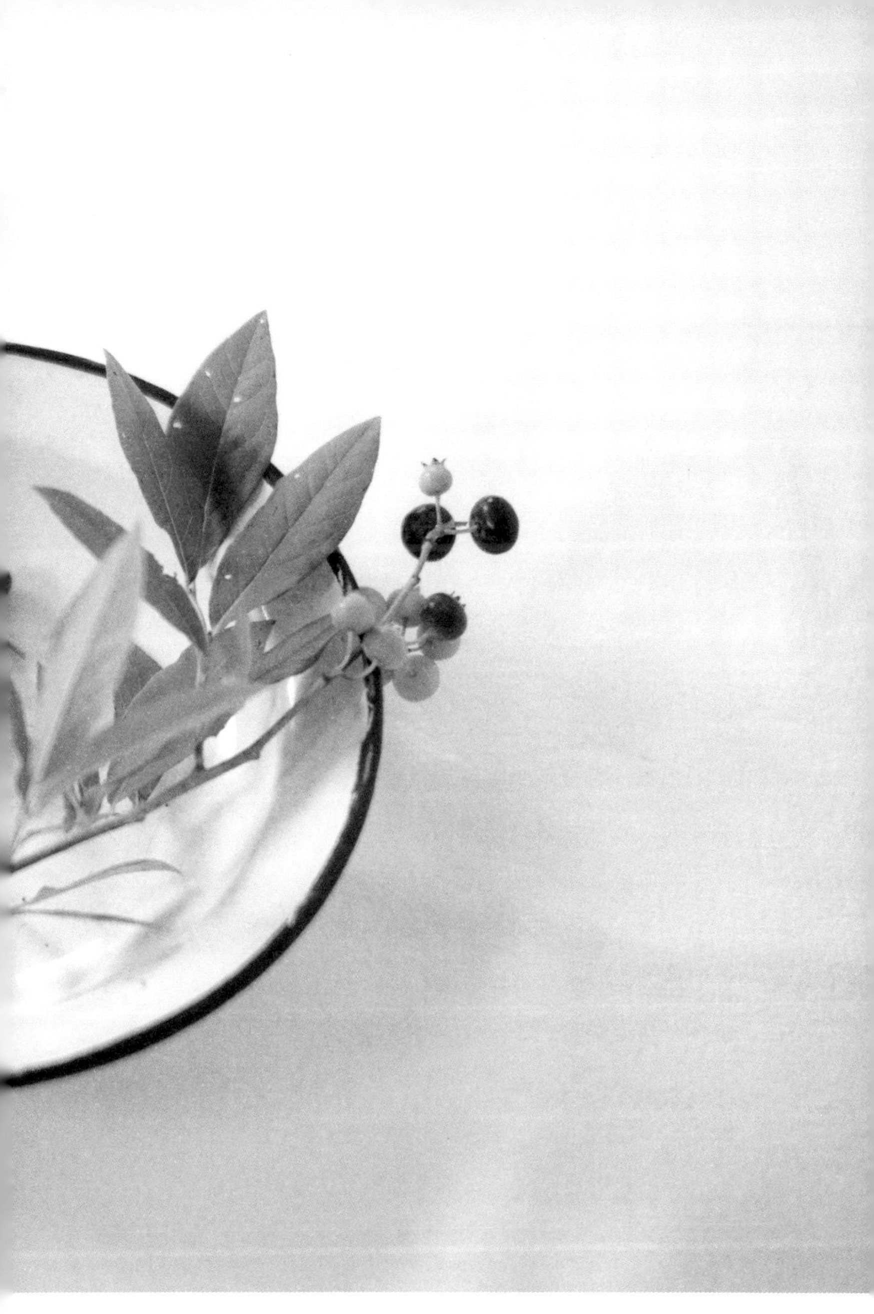

061 两颗石头

"想有同伴,就要先树敌。"离开父母羽翼准备独当一面成为一个社会人时,父亲这么对我说。"要相信别人,要珍惜朋友。"他借这句话叮嘱我,想交朋友就要清楚表达自己的想法。当然了,不必刻意树敌,但要知道世界上有讨厌你的人,就有喜欢你的人,别因为怕惹人讨厌,就时时看别人脸色过日子。只要有礼貌、懂礼数、体贴别人、为他人着想,在这个前提下坦率地表达自我,自然会有所见略同的朋友靠近。当初我在国外生活时,还不懂这个道理,日子过得很孤单。仔细想想,老是闷不吭声或是堆起一脸笑容,别人总也摸不清你究竟想些什么,应该没有谁会想跟这种人交朋友吧!我当初真该早点明白这个道理。

还有一点,绝对不要拿自己与他人做比较。跟别人不一样的地方无所谓优劣,只是单纯地不同,不要觉得逊人一筹,顶多是对方跟自己不一样,如此而已。怀着这种想法,朋友之间的关系就更自由了。在温哥华旅行时,我从沉船滩(Wreck Beach)带回的两颗小石头,让我领悟了这一点。白色的是我,另一颗细长的是其他人,两者根本无法拿来相比。

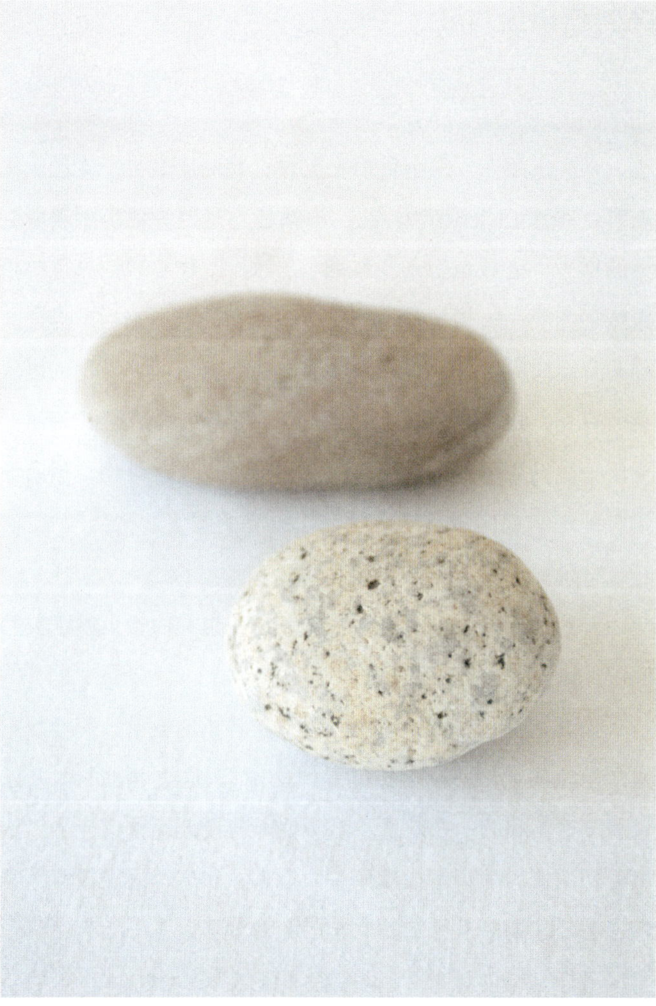

062 松田美乃滋

某次出游在一家小餐馆吃定食，突然一名男子走进店里点餐："我要白饭跟味噌汤。"不知是不是因为他那副理所当然的样子，老板也很干脆地回答："好。"我心想，只点白饭跟味噌汤啊……热气腾腾的白饭跟味噌汤端上来后，男子立刻起身走向厨房："请问可以给我一点美乃滋吗？"他的语气莫名有礼，和蔼的老板用小碟子盛了美乃滋端给他："请用。"男子把美乃滋倒在白饭上，滴几滴酱油，轻轻拌匀，然后津津有味地扒起白饭。他最后那句洪亮的"多谢款待"，着实吓人一跳。

看到这一幕，不用说，隔天在家我也在白饭上淋了美乃滋吃。棒极了，真的很好吃。

我喜欢美乃滋，平常也会买不同牌子的尝尝，每种都不错，但让我觉得特别美味的是"松田"。这个牌子的美乃滋是朋友送给我的，一吃之下忍不住暗自要感谢松田先生。松田美乃滋背后的艰辛故事只有内行人才知道，淋在饭上拌着吃，会好吃到忍不住流泪，务必要小心呐！

另外，包装上的图案可是由和田诚*设计的。

*日本知名插画家,活跃于绘画、动画、电影等多个领域,成就卓著。

063 佩吉·约翰逊与3WW

胸针、领带夹这类饰品，我虽然平常不戴，但很喜欢在艺廊里看看。比起饰品本身，我更喜欢接触凝结在这类小物上的优质手工。

纽约苏活区有一家专卖手工玛芬蛋糕和面包的小店，叫作"Olive's"，我经常去那里买午餐。一天去买东西时，看到收银台旁边有个小玻璃柜，里面放了银质胸针。胸针的外形都是铲子、锯子、平底锅、汤匙这类生活用具，可爱得不得了。问了女店员才知道，这些全是一位波特兰的珠宝设计师佩吉·约翰逊（Peggy Johnson）的作品，在这家店特别展示销售两星期，听说设计师跟这家小店的老板是朋友。我两眼直盯着小铲子不放，手柄上使用的古董珠饰好美啊。我掏光身上所有的钱买了小铲子跟小锯子，几天后又买了一条模仿"钓鱼"（Go Fish）这个纸牌游戏的坠子，坠子上还刻着"3WW"的字样。我问3WW是什么意思，对方说是"Three Words Wednesday"，但我至今还是没弄懂这究竟代表什么。

我在纽约净买这些小饰品了。

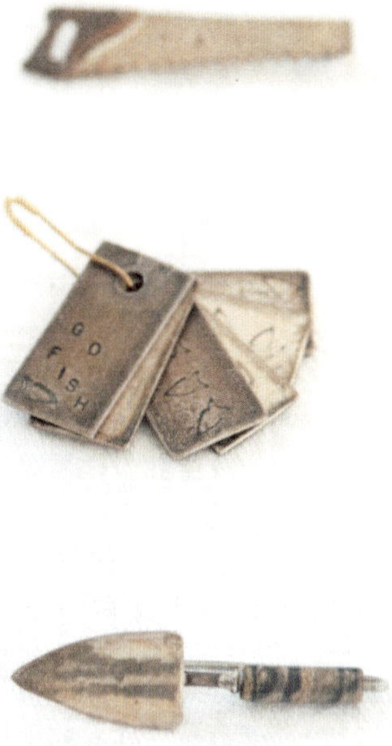
GO
FISH

⑥④ 德龙的蒸汽熨斗

星期天我会早上五点起床慢跑，然后洗车，冲个澡，打扫过房间边看早报边吃早餐，这样差不多就八点了，吃完早餐用熨斗熨烫洗好的衬衫和手帕。这整套流程早已习惯成自然。

说我喜欢熨衣服，或许有人听了会笑，但没办法，事实如此。熨好一星期要穿的衬衫，一共七件，一次熨七件，这个量刚刚好。

因为喜欢熨衣服，我便对熨斗特别讲究，熨斗不知为什么日本产的好像都流行未来风的设计，不过真希望别再用蓝色、粉色系了。

在这种挑剔的眼光下，我选了德龙（De'Longhi）的蒸汽熨斗，一手拿起来沉甸甸的，这个分量来熨衣服最好，自己不用多花力气，轻轻推着熨斗在衣物上滑行就好，轻轻松松。为了不伤衣料，熨衣服时千万不能太用力。

德龙的蒸汽熨斗内置加热器，能发挥强大的蒸汽威力。有这么称手的工具，三两下就能熨好七件衬衫。熨好衣服再睡个回笼觉，一身清爽的睡眠真是无比幸福啊。星期天真是太棒了。

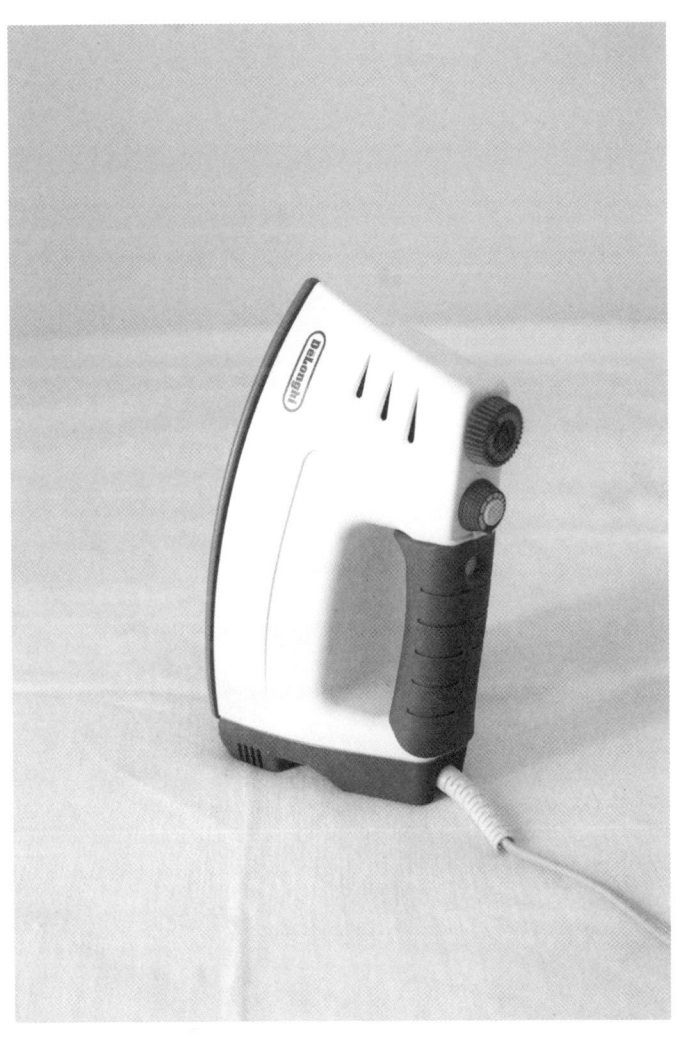

*本产品目前已停产。(原注)

065 移动书店

旅程中我曾在纽约郊区古柏镇（Cooperstown）的一间汽车旅馆投宿。隔天一大早，为了寻找好吃的早餐，我开车在镇上乱晃。

古柏镇是个宁静的乡下小镇，几家小咖啡馆外面都写着"homemade"（自制）。我挑了一家看起来最热闹的店，点了一份早餐盘，有自制司康和果酱、炒蛋、培根，还有薯条。看起来是随处可见的早餐，但每一样都惊人地可口。原来在美国，妈妈的味道就是这样啊。加了牛奶的淡咖啡更突显出这份美味，便宜的价格又把我吓了一跳。

吃完早餐，不知不觉已经日当正午。回到停车场时，我看到旁边停了一辆红色卡车，货台敞开着，一群人围在旁边。仔细一看，卡车竟然是一家移动书店，卖杂志、报纸、畅销书和一些小杂货，看起来就像日本车站里的小店。车子的引擎盖上用白色油漆写着"Traveling Booksellers"——移动书店，名字映入眼帘整个人顿时激动了起来。这么逍遥自在的经营方式真是让人太感动了。

十年后，我也开着一辆堆满书的卡车到处跑，也成了一名 Traveling Booksellers。

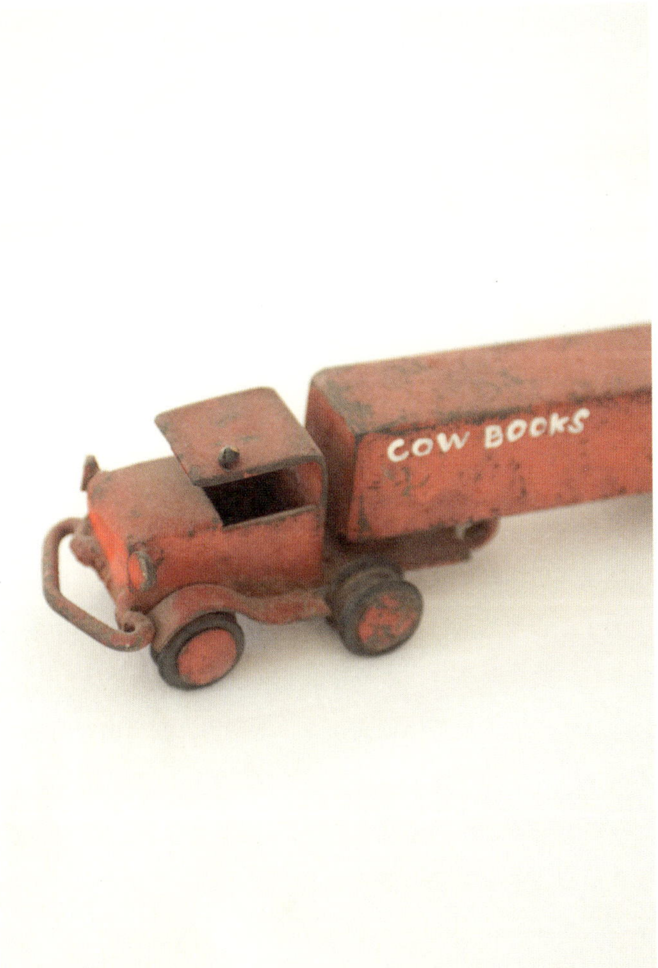
COW BOOKS

066 《国王的背影》

多年来我为了数不清的书散财至今,丝毫无愧于心,不过唯有内田百闲与谷中安规合著的这本《国王的背影》,任何细节我都希望可以避而不谈。只能说,有生以来为了买一本二手书厚着脸皮跟人要钱的,独独就这一本。

《国王的背影》是本童话图文书,在一九三四年只发行了两百本。书中有大量版画家谷中安规的手刷木版画,每一页的故事与版画交织辉映充满吸引力。内页双色印刷,插画用黑色墨水,文字用朱红色,封面、扉页用图,以及大量插图则是多色印刷的木版画。当初只出版了两百本,大概就是因为手工作业的部分实在太多吧!正是内田百闲及谷中安规的年轻、热忱与辛劳,才孕育出了这本稀有书的美。

这本书的二手价格偏高还有一个原因,据说出版时似乎卖得不好几乎都报废了,两百本中现存的只有寥寥几十本。

对有奇才之称的这两位来说,《国王的背影》堪称奇迹,而我最喜欢的则是扉页上七福神*里的惠比寿大神和大黑神小小的模样。

《王样の背中》／文：内田百闲，图：谷中安规／乐浪书院／1934 年
＊在日本象征带来福气与财运的七位神，另外还有毗沙门天、寿老人、福禄寿、弁才天、布袋和尚。

⑥⑦ 内藤美弥子的白色小屋

最近我正在认真考虑盖一栋房子，当然不是亲自动手去盖，而是思考想打造一个什么样的家。借由纸笔把诸多想法一一写下，便清楚了让人感觉舒适的房间是什么样子，安心的家又是什么样子。面对那么多自己都意想不到的新发现，竟有种豁然开朗的感觉。

想了很多，忽然意识到——所谓理想的家不就是理想的地点或环境吗？无论再怎么中意，如果地点或环境有问题，也没什么好说的了。相反，只要地点或环境合心意，就算房子不大装潢简朴，跟目标有些差距，不也能改造成很棒的家吗？这样一切就清晰了，关于家的种种考量，重要的不是房子本身，而是你想在什么样的地方与环境中生活。于是，我试着就这一点，用纸笔将清单一项项写下来。

我把内藤美弥子*的白色陶土小屋放在桌上，脑中便浮现出周围的景致、人群的生活，以及自然的风貌。隐隐约约中仿佛看到了自己心目中最渴望的地点和环境，一切又一次豁然开朗了。

*日本陶艺家，作品精细有光泽，极具透明感。

068 Square Mile Coffee Roasters

英国的红茶真的很棒,所以我在英国的那些日子猛喝红茶。不过,最近从伦敦回来的朋友说,当地正兴起一场咖啡热潮,听上去似乎也挺有意思的。我把朋友送的咖啡豆磨了粉冲泡,瞬间便被咖啡丰富的香气打动,清爽中又层次分明,那独特的气味真是太让人感动了。

咖啡豆来自"Square Mile Coffee Roasters",是家由一对年轻人经营的咖啡烘焙店,据说几乎现在伦敦所有口碑不错的咖啡馆都从这家店进货。

Square Mile Coffee Roasters 堪称伦敦当今的咖啡社群中心,引领咖啡美味的极致,肩负起以往伦敦没有的新文化。此外,这里的咖啡不用机器冲泡,而采用讲求香气及口感的滤泡式冲法,就像过去的日本一样。咖啡馆里,随着咖啡会送上一杯水,这也是一项新的尝试。边喝咖啡边用水来清口,在热衷特殊风格的伦敦这种方式提高了大众普遍的接受度。这个咖啡社群还诞生了一位世界咖啡师大赛(World Barista Champion)的冠军。

真想到伦敦好好喝杯咖啡啊!

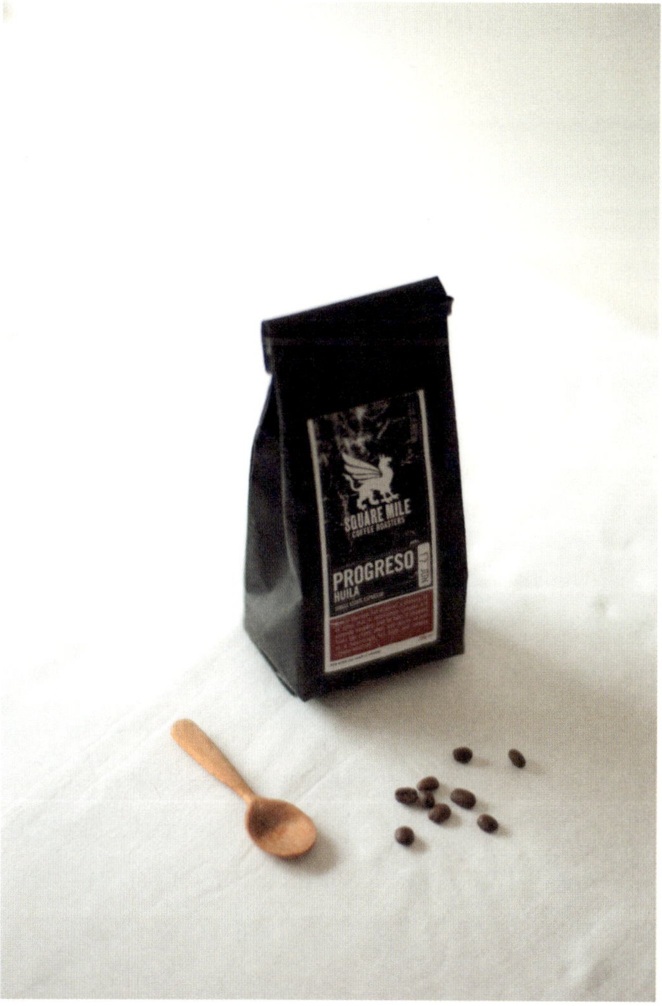
SQUARE MILE
COFFEE ROASTERS
PROGRESO
HUILA

069 汤姆·布朗的衬衫

穿扣领衬衫要把扣子解开，衬衫不用熨烫，穿长裤要露出脚踝……读着报导上汤姆·布朗（Thom Browne）对这些细枝末节的坚持，我想起大桥步*曾为日本男性杂志《平凡Panchi》绘制的一期封面图。

纽约熨斗大厦附近有一家卖二手徕卡的摄影器材店，一次我去挖宝正巧找到一直心心念念的镜头，之后便在附近开心地乱晃。无意间看到一家名叫"THOM BROWNE"的清爽服饰店，正是革新美国传统服饰设计、以男装时尚界新星之姿出现的汤姆·布朗的店铺。店里身穿西装的店员一头利落短发，上衣穿得贴身，光脚套皮鞋。

我拿起蓝白条纹的扣领衬衫，高级布料质地强韧，加上熟练的手工，让我忍不住赞叹起来。店员说，衬衫是在纽约手工缝制的。我原本以为尺寸可能有点小，没想到一穿，发现非常贴身而且活动自如，根本就是量身订做的！标签上还有手写字——"JEFFERY / SPRING 2007 / HAND MADE IN NEW YORK"。这件衬衫我已经穿了五年，领子没变形，其他细节也完全没有走样。手工制造太棒了，真的！

* 日本插画家、设计师，曾任《anan》总编辑，创立过多本生活杂志。

070 春日竹鹿

春日竹鹿是奈良的乡土玩具,在昭和初期曾一度失传,后来有工艺师傅受托复原这项技艺才得以流传至今,《生活手帖》也曾做过报导。过去的春日竹鹿只是旅行伴手礼,而现在的春日竹鹿,外形极富设计感色彩丰富,非常可爱百看不厌。鹿角长的是雄鹿,短的是雌鹿,成双成对也是夫妻圆满的好彩头。

某个夏日,编辑部收到一个包裹,是一封信和一只小桐木盒,信中写着:"我是福冈的一位读者……木盒底部写着'昭和十二年(一九三七年)六月十一日校外旅行纪念',似乎是我母亲(一九二二年出生,已故)念女校旅行时买后的题字……虽然是年代久远的小东西,但与其放在我手边不如当成历史资料送给更需要的地方,因此寄给了您……"小桐木盒上写着细字"春日竹鹿",底部也像信上写的标明了日期。我打开盒盖,里头有一雄一雌一对鹿夫妻,大概两公分高,虽说已经过了七十多年,但相信应该跟当初一样漂亮吧。一对春日竹鹿放在桌子上栩栩如生,好像随时会跳走似的,让人情不自禁要摸摸两只小鹿的嘴。

071 Adie Bell

　　伦敦，我走在一整排二手书店的西瑟巷里，身后传来一阵"铃铃"的悦耳金属声。转过头一看，一位绅士骑着辆有点年头的自行车，响着铃声迎面而来，轻柔的铃声让我听得出了神。

　　在二手书店外的花车上选书时，我瞥到先前那位绅士又骑车绕了回来，接着把车停在巷口一家二手书店旁走进了店里。

　　我好想知道他自行车上用的是什么铃，于是走过去仔细端详。银色车铃的正中央有一圈金色图案，刻着骑自行车的人，平凡的小玩意儿却很有质感，真棒。

　　"我的自行车有什么问题吗？"绅士走出书店笑眯眯地问我。"我觉得它的铃声太动听了，想看看是什么样的铃铛。"听我这么说，他便答道："是英国 Adie 公司的车铃，也是我最喜欢的音色，是古董，所以很稀有。""哪里买得到呢？""有一间自行车行专卖二手零件，不过价格稍微高一点。"说完他便把车行地址告诉了我。"可以再让我听听铃声吗？"绅士随即又按了几下。"铃铃"，果然很悦耳。

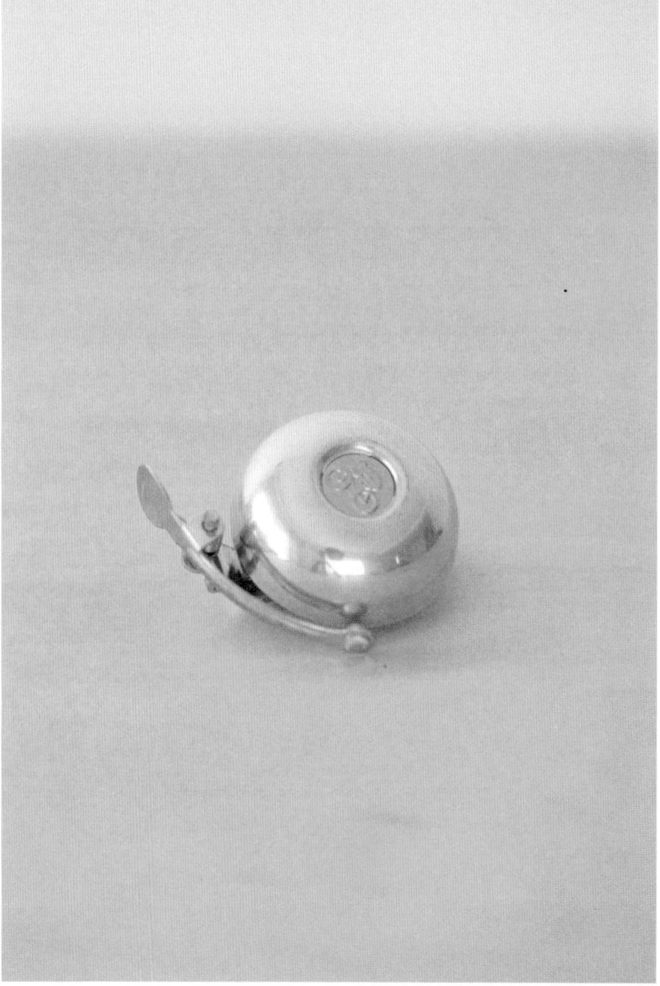

072 浦松佐美太郎的《一个人在山头》

因为"松浦弥太郎"跟"浦松佐美太郎"很像,会有人说,"我一直以为你是浦松佐美太郎的孙子呢……"乍一听真是让人又惊又喜。我说:"《一个人在山头》我倒是很喜欢。"对方听了立刻表示:"果然是这样啊。"也不清楚他口中的"果然"到底是什么意思。浦松佐美太郎的这本书是一本登山手记,记叙他每一天凝视大自然山岳的同时,也在察照着自己的内心。他是第一个登上韦特峰(Wetterhorn)西山棱的登山家,也是作家、记者。《攻顶》记述了他首次登上韦特峰西山棱的过程,读起来让人不禁为他捏把冷汗,同时字里行间流露出作者知性又独特的潇洒气质,流畅优雅的文字使内容早已超越了对艰困环境的描写,读起来真是舒畅。当我知道当时正值战时,而且作者还不到三十岁,更是大呼意外。

这本书的装帧也可圈可点。作为知名画家及装帧家的佐野繁次郎,他经手的几部作品中,我最喜欢的也是《一个人在山头》。从来没见过哪本书的装帧能将印刷活字的美诠释得这般淋漓尽致。扉页上去掉句点、逗点,黑底白字更突显出佐野超越传统日式的审美,真是震撼人心。

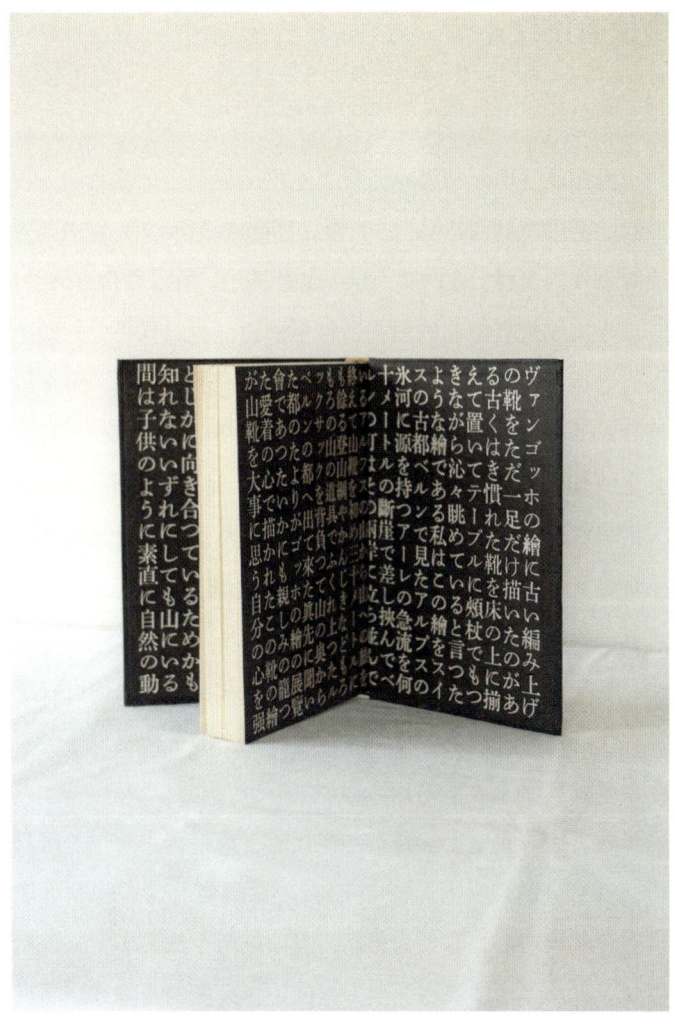

《たった一人の山》／浦松佐美太郎／文芸春秋社／1941 年

(073) 青柳纹瓷盘

青柳纹（Blue Willow）是十八世纪后期十分流行的一种瓷器，英国瓷器商托马斯·明顿（Thomas Minton）以中国古代故事作为素材，在白底上以亮蓝色描绘，所以称作青柳纹。

青柳纹瓷器绘制的图案通常是柳树、两三只鸟、三四个人、老房子、小桥、小船之类，除了托马斯·明顿，韦奇伍德（Wedgwood）和一些日本品牌也都用了青柳纹。明治、大正时期，青柳纹的瓷盘相对平民化，现在到古董行逛逛，一定能在店铺一角淘到一两件，价格也不贵。无论是瓷器上一对男女私奔的故事、别具一格的画风，还是白底上渗出的蓝色，我都十分钟情。

其次，我有幸能和插画家安西水丸对谈，知道他也收集青柳纹瓷器时，真是太开心了。安西先生的工作室里还摆着百濑博教[*1]绘制的青柳纹瓷盘。

几天后，我一大早到东乡神社的古董市场，发现了两只绘有青柳纹的"火王"（Fire-King）[*2]马克杯。没想到火王也有青柳纹产品，我大为感动，当即把两个都买了下来，后来其中一个送给了安西先生。据他说，火王的青柳纹制品真的是非常罕见。

*1 日本作家、诗人、格斗技制作人，曾与安西水丸合著《雪花球》。
*2 美式杂货品牌。

074 惠比寿大神

虽说我没有宗教信仰，但每天早晚一定会双手合十感谢神明。听到这话，一定会有很多人笑我吧，不过我倒认为除了自己之外，万物有灵，不仅人类，对小狗、猫咪、金鱼之类也都会合掌感恩，再夸张一点，我连上厕所都会心怀感激。因为没有宗教信仰，没有特定的崇拜对象，便可以随时对着天空、太阳双手合十，我就这样一天到晚地低头感谢着。

青山的"民艺小铺森田"是我二十多年来经常光顾的古董店。每个问题，店家都会亲切给出十几、二十个答案，真是让我打心眼里佩服，觉得这才是生意人的典范。有一天，我在这儿看到一尊木雕惠比寿像。他单手抱着鲷鱼，那笑容满面的可爱模样太吸引人了，让我根本无法离开。老板说这不是日本的，可能是来自中国的古物，距今大概有七十年了吧！老板没有吹嘘百年而是坦承七十年，这种诚实的态度让我决定买下来。惠比寿大神是保佑生意兴隆的财神爷，希望他也能庇护我的工作，便把他放在没有死角的房间高处，每次看到惠比寿大神的笑脸，我都会低头行个礼。时时面露微笑的惠比寿大神是我的守护神。

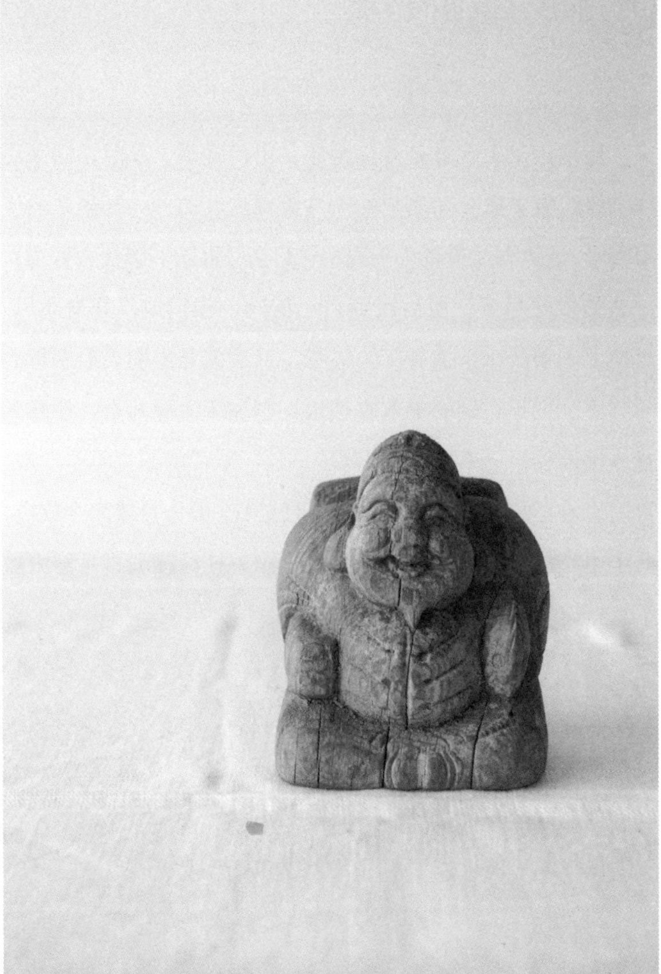

075 丽莎·拉森的花瓶

　　星期天早上我总是五点起床，出门慢跑一小时，回来后冲个澡，做早餐——简单的一片英式烤吐司、一杯稍浓的速溶咖啡，一边浏览报纸头条跟招聘广告（可以了解社会百态），一边慢慢吃早餐。而后回到自己房间，扫扫地，开窗通风，再换上一条新床单铺好床。好啦，然后就是星期天最期待的一刻了。把正在读的书放在枕边，躺在床上翻几页，便感到身体渐渐放松下来。这个时间应该比一般说的午觉要早一些，可以说是早觉吗？沉沉睡上一小时左右。因为身体完全放松，肚子也吃饱了，房间跟床铺都很干净，这种睡眠真是舒服极了。就这样睡到大约中午醒来，我通常会再写一篇稿子。

　　稿子我都是用铅笔写在笔记本上，放铅笔的不是笔筒，而是丽莎·拉森（Lisa Larson）的花瓶。有一天我突然觉得这只花瓶拿来插花还不如放铅笔，一试之下，果然无论大小、厚度，还是瓶身圆滚滚的形状，都非常适合。写完稿子，一天便优哉游哉地过去了，因为这是星期天呀！

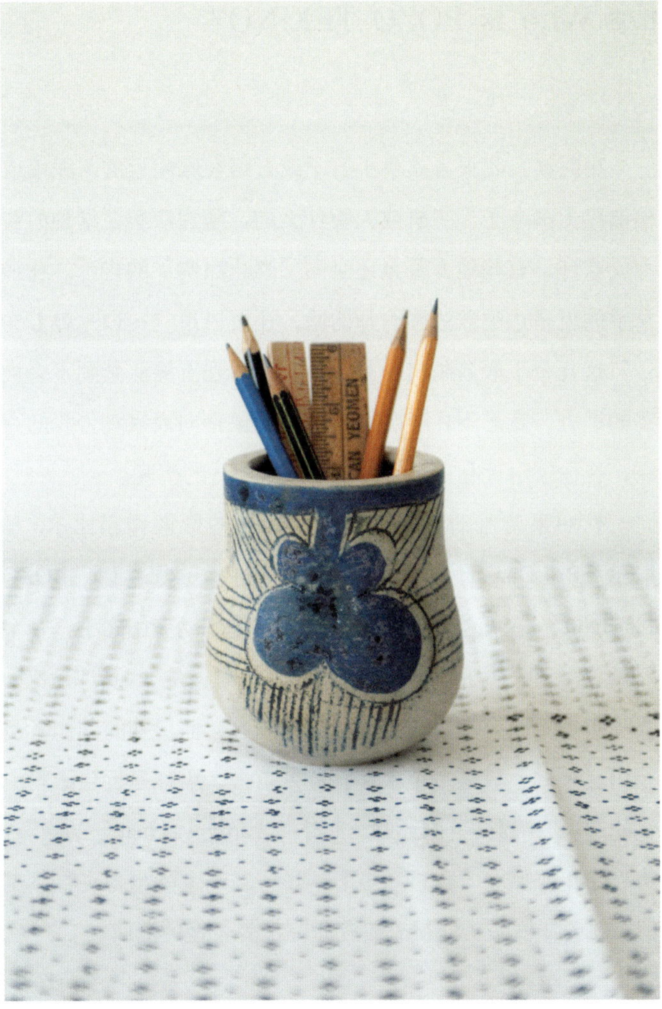
CAN YEOMEN

(076) Who is BOZO TEXINO?

小时候，我很喜欢拿小石子或石蜡在家附近的水泥墙或柏油路上画车子、飞机或人脸什么的，随意涂鸦。这种游戏大受欢迎，有些地方甚至还会贴"禁止涂鸦"的告示。我最拿手的就是边唱歌边画厨师的脸，还可以用"へのへのもへじ"这几个平假名画出一张脸来。一发现有涂涂画画不会被骂的地方，就忍不住要画上两笔，倒像是向大家宣告我的存在，在住家附近有自己的涂鸦是件很神气的事呢。

长期采访流动劳工等社会边缘人的影像作家比尔·丹尼尔（Bill Daniel），在他的纪实作品中收录了这幅"BOZO TEXINO"。这幅涂鸦出自扒货运火车的流动劳工之手，一个人戴着一顶大帽子，构图很特别。书上写这是一幅传奇涂鸦，八十年来不断有人用石头或油画棒画着，而最初的创作者至今仍是个谜，只是多年来一直流传下去，堪称是近代涂鸦文化的起源。另外，美国还有个叫作"Kilroy was here"的涂鸦，跟日本用平假名"へのへのもへじ"在墙上画出光头脸很类似。真希望有一天能试着研究研究世界各地的涂鸦。

167

077 高村山庄的松果

我差不多每三年会"离家出走"一次。"我出去旅行两三天。"第一次跟妻子这么说时她说:"离家出走啊。"从此我家就把只身外出旅行称为离家出走。三年一次或两年一次,家里每个人都可以离家出走。念中学二年级的女儿知道后说:"真希望我也能快点离家出走。""可以唷。"听我这样回答,她反而说:"咦?我现在还没办法啦!"

我离家出走的目的地有很多,最常去的就是岩手县花卷市的山口村,高村光太郎在那里的高村山庄度过了他的晚年。对高村光太郎的仰慕我已写过太多了,不再赘述,只能说对我而言,高村山庄就像是心之故乡。高村山庄矗立在空旷的广阔土地上,迎着一阵阵飒飒凉风,想起曾在这里生活过的大师,就连流下的泪水也变得甘甜,顿时涌现出面对生活的勇气。别把孤立跟孤独混为一谈,孤独是与生俱来的,而此刻的你与其说孤独,不如说是孤立,之所以感到寂寞,就证明你对社会、家庭、对其他人并没有完全伸出双手。坐在高村山庄的大松树下,我仿佛听到有个声音这样娓娓道来。

望着美丽的夕阳,我站在原地出了神,这时树上落下一颗松果,着实把我吓了一跳。是一颗非常大的松果。

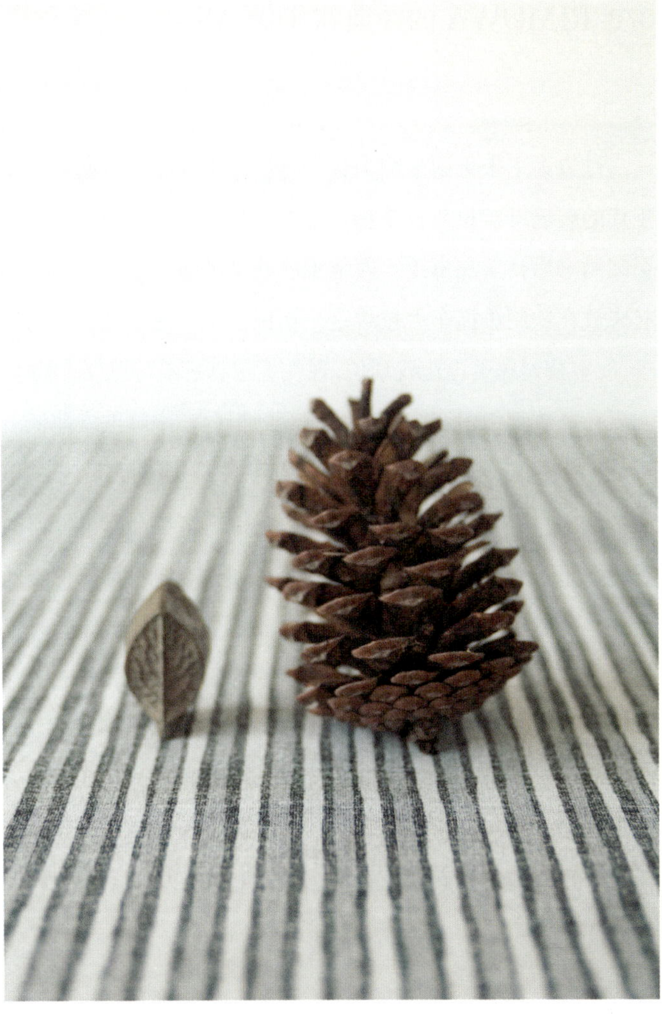

078 RIMOWA 的经典款 TOPAS

  过去为了去美国采购书籍,每次我都要随身带两个五十年代的玻璃纤维材质行李箱,外加一只特大号帆布袋。行李箱装满书后,实在不是一般地重,我便把两个箱子用绳子串起来放在铁制小拖车上拉着走。话说回来,拖着这么重的行李,航空公司居然也让我划位,现在想想真是不可思议。那时,大概在开放划位前四个小时我就赶到柜台,一脸歉疚地低下头说:"我的行李比较多,所以早点过来。"地勤人员问:"里面是什么?"听我说全部都是书后,他们多半会露出惊讶的表情,却仍亲切帮我安排托运,"既然是书,就没话好说喽。"三件,光是件数就已经超了。该说那是个充满人情味的时代吧。尤其在外国,只要好好沟通,什么困难都能妥善解决。"麻烦您帮个忙。"这句话我不知道在机场低着头说过多少次。

  现在就算超过一星期的旅行,我也只带着一只 RIMOWA 的 TOPAS 登机箱。因为行李变得简单,旅程中也不会添置什么东西,又或者年纪大了就是这么回事。

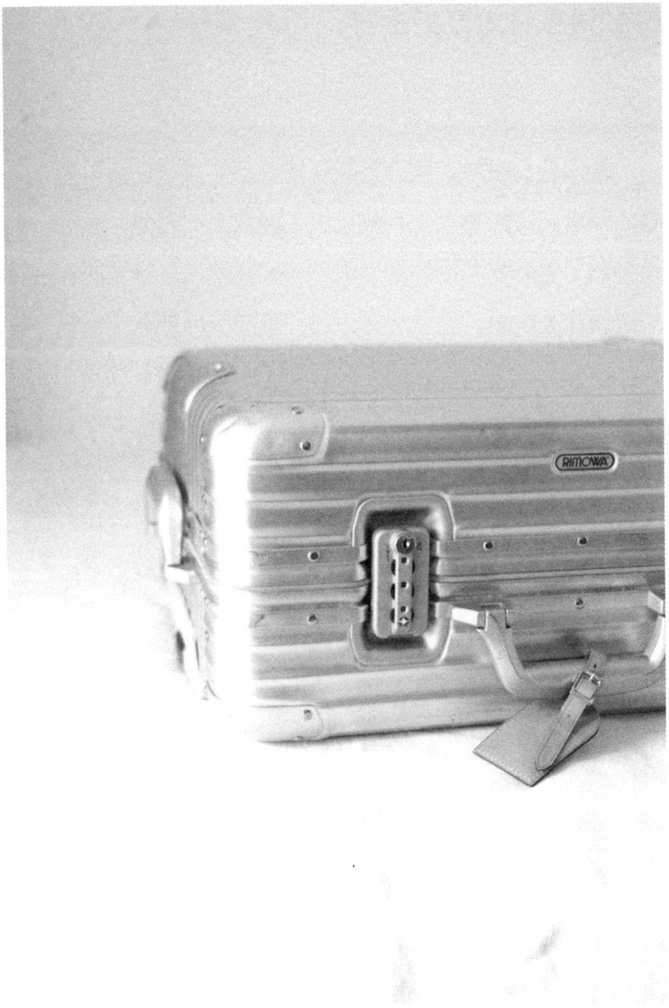
RIMOWA

079 再生针织连指手套

冬天冷的时候，我会穿高领线衫，外加一件哈里斯羊毛料的外套，裹一条大一点的披巾，再戴上针织帽。最后，也不会忘了美利奴羊毛的袜子跟手套。我就以这身装扮在下雪的纽约四处游逛。经常会有人问，只穿一件外套不冷吗？其实，我完全没有硬撑，因为只要脖子跟手脚充分保暖，穿少一点也不要紧。有时，看到有人穿着厚厚的羽绒衣像要登珠穆朗玛似的，还在不停喊冷，仔细一看，手脚根本没有做好防寒保暖，有些人甚至领口都会灌风。我一向觉得在大马路上穿羽绒衣有失风雅，而且坚定了只要脖子、手脚不冷，只穿一件外套也能过冬的生活哲学。

我喜欢英国制的再生针织连指手套。四指不分开的连指手套保暖效果好，而且这款手套手腕处采用了厚层的罗纹粗织法，以各种图案的针织布余下的布边缝合而成，拼布风格的设计也很棒。

冬天没那么冷的话，即使光穿线衫、戴手套、裹披巾，不穿外套也很暖，我非常喜欢这种搭配。尼龙材质的衣服或许兼具便利性、功能性，但我总觉得上身后的感觉和外观都索然无味。

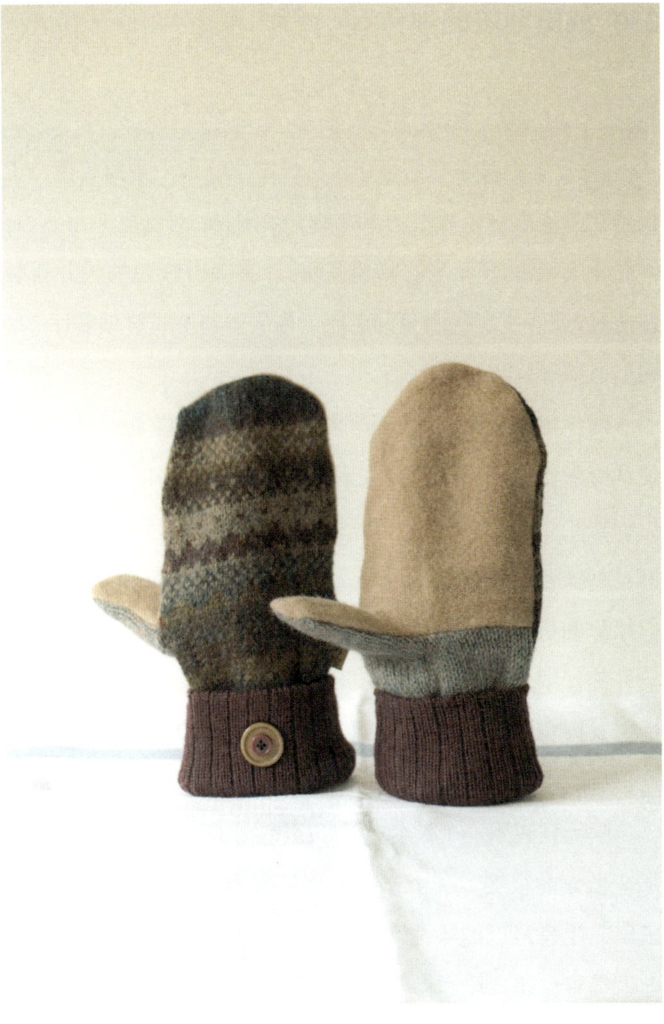

⑧⓪ 成田理俊的烛台

我二十岁时常在西麻布三丁目踏上麻布十番商店街,也就是在大隅坂这条缓缓的下坡路一带闲晃,对这里非常熟悉。一路上有咖喱很好吃的"麒麟屋",有寺山修司的天井栈敷馆遗迹,还有将爬满藤蔓的老屋当作店面的中式料理餐厅"华园"。这条散步路线怎么走也走不腻。

四年前的夏天,我在鲷鱼烧名店"浪花屋"吃完刨冰后,便从麻布十番商店街逛到大隅坂,在长玄寺前的商用大楼瞥见一块小小的艺廊广告牌,便漫不经心地进去转了转。当时群马县铁艺艺术家成田理俊正在那里举办个展,而这正是我们相识的机缘。展品是大大小小的烛台和小用具,成田先生一件件仔细介绍着,坦言与其创作艺术品,他更想做能在生活中发挥功用的小用具。成田先生的每一件作品都非常实用,这也反映出了他的个性。

那天我买了一个烛台,圆形铁板上伸出一根细细的把手,那造型真的很美,作为小用具称手实用更是令人爱不释手。成田先生将自己的才情渗透进生活的日常里的,这样的坚持教人动容。每次受邀参观他的个展,都能捕捉到他一路走来蜕变成长的痕迹。真期待有一天能去看看他的工作室。

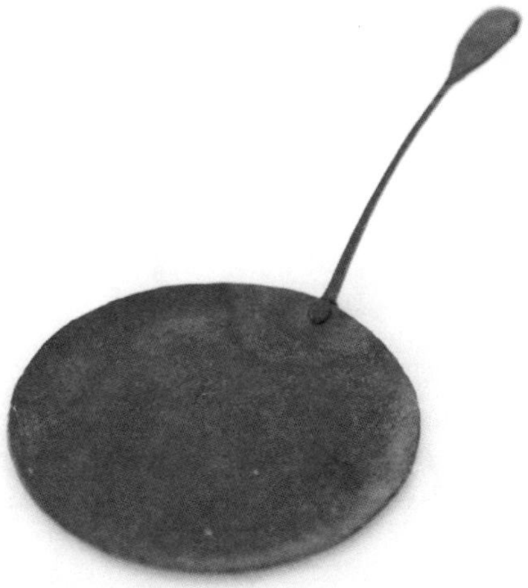

Sunday,

4m

4m

(081) ANDRE BOYER 的牛轧糖

"Oven Mitten"的小岛琉美女士曾送我法国的牛轧糖做伴手礼,而且还是从普罗旺斯索村(Sault)远道而来的"ANDRE BOYER"牛轧糖,真是令人开心。因为巴黎没有分店,这可是大老远跑到索村才买得到的珍贵牛轧糖啊。我从来没吃过,高兴得不得了,竟然能收到世界上最好吃的牛轧糖!

切成两厘米左右长的牛轧糖,用塑料纸包起来,像糖果一样将两侧扭紧;转几圈,包装纸一松,牛轧糖就会掉出来。白色的牛轧糖软硬适中,糖块里混了很多杏仁果,还带着淡淡的薰衣草香气。尝上一颗,口中弥散开的先是杏仁的香甜,接着一咬就能感到齿间充盈着蜂蜜的芳香甜美,这才恍然大悟,原来薰衣草的香是掺在蜂蜜里的。牛轧糖的口感跟以往吃过的都不同,倒像软糖或牛奶糖。据说配方是四成的杏仁加上四成的蜂蜜,独特的香甜和口感,让人可以一口气吃上好几颗。毋庸置疑,这是世界上最好吃的牛轧糖,简直可以说是普罗旺斯的珍宝。这辈子能尝到这种滋味,真是该合掌感谢啊。

082 马克杯

搭着电车从纽约前往宾州的路上,在途中停靠的某一站我瞄到铁路员皮带上挂着的一只马克杯。他将一根绳子穿过杯子的把手,再挂在皮带上。那种铝质杯子叫"锡杯"(tin cup),是一战时美国陆军的配给。小时候我看过美国战争剧 *Combat!*,所以一眼就认出来了。现在看来是劳工用的廉价茶杯,但当年我对这种坚固耐用又能托在掌心的可爱小杯子可是非常向往的,真希望自己也有一只。

制作 COW BOOKS 的独家马克杯一直是我开店以来的梦想,不过从模具做起成本很高,也并不容易。如果哪天真的可以做了,我希望能做出锡杯。然而,这个梦想某一天借两位陶艺家之手终于实现了。杯子的外形设计师是金惠贞(Hyejeong Kim),铸模及制作则由城户雄介完成。对我们来说,它只是工作时忙里偷闲喝杯水或尝一口咖啡才用得到的,但能轻轻松松坐下,悠闲地拿起这只杯子,那幅画面自然很迷人。

181

⑧③ *Henri's Walk to Paris*

无论什么时代，我们都无法逃离忧虑、寂寞、痛苦和悲伤，也不能让这些情绪消失，但消失不是重点，重要的是当我们身处忧虑、寂寞、痛苦或悲伤中要怎么做。人活于世，有好事也有坏事，面对这些，要思考的不是如何解决，而是要怎样因应。作用力与反作用力永远并存，只要有一次又一次的期望与努力，就无可避免地伴随着一次又一次的挫折与绝望，因为正如有人说过——"没有等不到早晨的夜晚"。痛苦、悲伤，你越是躲避，它越是紧追。所以不要逃避，去坦然面对，不要选择那条看似轻松的道路。

索尔·巴斯（Saul Bass）参与绘图与设计的绘本 *Henri's Walk to Paris*，讲的是向往大都市巴黎的亨利，一个人踏上巴黎之旅的故事。每次读起来都会想到十几岁向往美国只身上路的自己。亨利独自在旅程中的发现，就是对他真正重要的东西。合上书，我扪心自问，自己是否也找到了真正重要的东西？

Henri's Walk to Paris / Leonore Klein, Saul Bass / Young Scott Books / 1962 年

⑧④ 竹虎堂的茶壶

作为一个土生土长的东京人,这话听起来可能有点做作,但我确实特别偏爱京都清水五条的"竹虎堂"。这家店专卖清水烧,是家一百二十多年的老字号。

第一次光顾竹虎堂是二十年前的事了。当时我总是到处走,想找个画功传承高山寺鸟兽戏画的茶杯,但看到的全都是土产风格的,不太喜欢。请教住宿旅店的店主后,他告诉我去竹虎堂可以淘到好东西。我知道有一位转入政界的记者叫绪方竹虎,不知道和这家店有没有关系。一问才知道这位绪方先生也是他们的顾客,不过跟竹虎堂没什么关系。虽说明知两者无关,但听到这家店跟自己尊敬的人名字一样都有"竹虎",就让人忍不住要立刻登门拜访。

竹虎堂是家传统瓷器店,从店内的陈列摆设就可以看出是个物美价廉的好地方。我一说想找鸟兽戏画的茶杯,女店员立刻贴心地说:"就在那边。"并带我到陈列架前。我一看到就知道,每件都是真品。"好漂亮哦。"我感叹道。她告诉我:"清水烧都是手工绘图,到现在塑形也还是纯手工制作。特色嘛,就是蓝白染色。"最终,我还是把第一眼就看中的茶壶捧回了家。

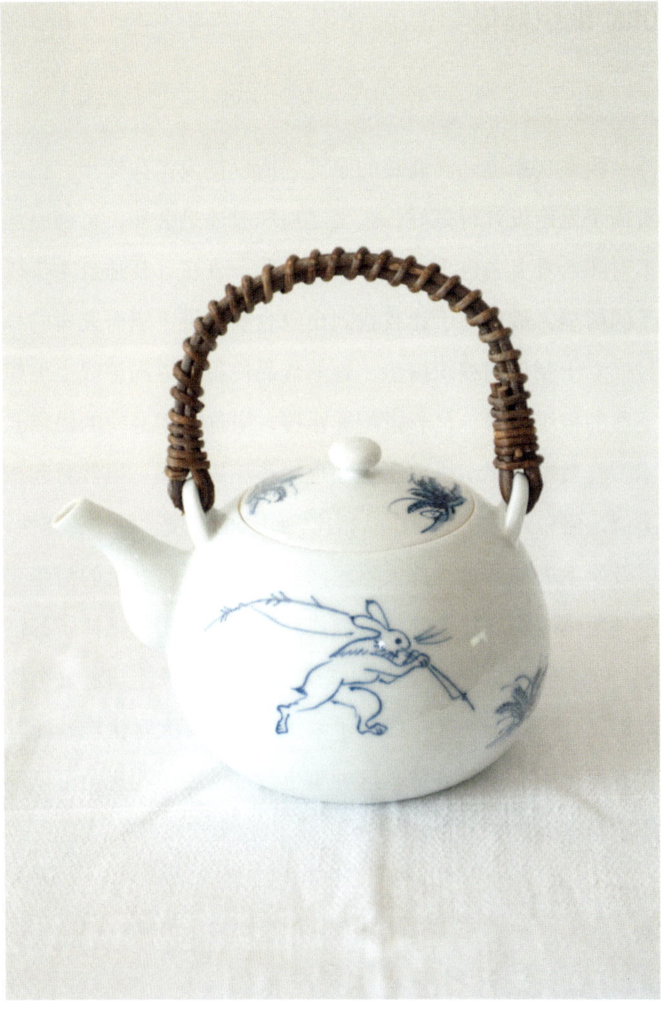

(085) 编织椅垫

我喜欢家里充满温暖的感觉，所以偏爱木头椅子。但木头椅子无论设计得多好，久坐之后屁股还是会痛，可铺座垫不对味，看上去也不美观。所以，我一直在寻找适合木头椅子的椅垫，最后终于让我找到出身仓敷本染手织研究所的外村广女士制作的编织椅垫。她的作品使用在纵向棉线上编织毛线的传统技术，色彩搭配非常棒，堪称日用品中的民俗艺术。仓敷本染手织研究所现在也制作编织椅垫，虽然看起来类似，但和外村女士的作品相比，织线的密度、触感、弹性，以及坐上去的感觉，都大不相同。所以，外村女士的椅垫一定是凝结着精湛技巧的精心制作。我本想家里每把椅子都铺上一个，特地去询问镰仓的"舫工艺"，后来才知道每个椅垫都是外村女士一针一线亲手编织的，很难大量生产，而且还有很多人在等着进货。这种事也是情理之中我完全可以理解。坐在外村女士的编织椅垫上，就像坐在草丛中似的。

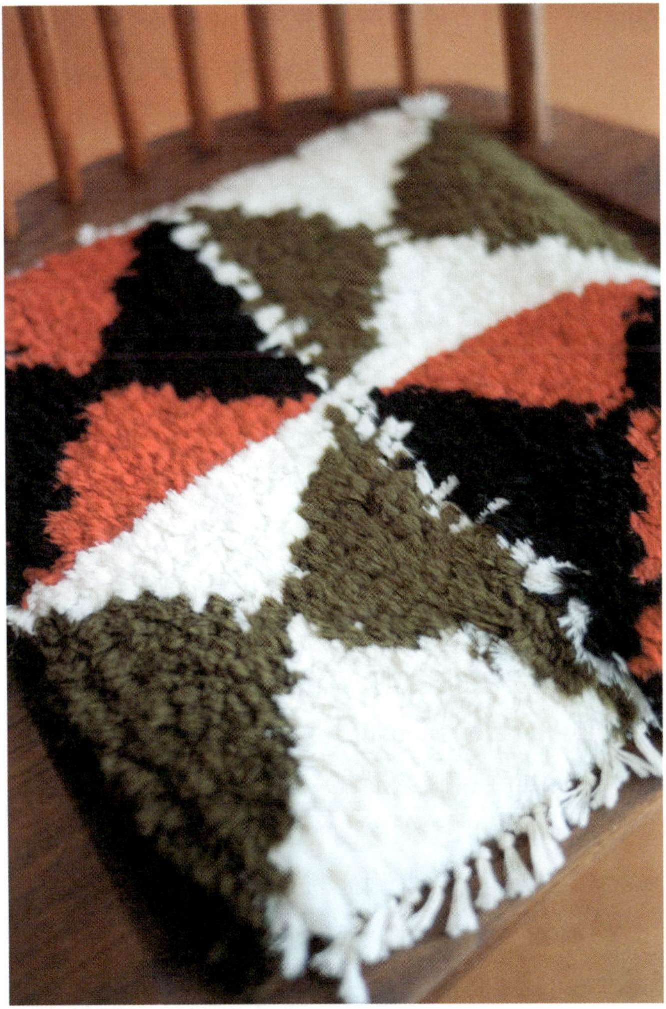

086 M.萨塞克的旅行绘本"This Is..."系列

旅居伯克利时,我结识了 M.萨塞克(Miroslav Sasek)的"This Is..."旅行绘本,这一系列作品描绘了作者五六十年代在全球十八个地方的旅程。我在电报街(Telegraph Avenue)莎士比亚书店的玻璃橱窗里看到珍藏的 *This Is New York* 时,觉得这真是一本摩登时尚又充满幽默感的绘本啊。这时我才知道,绘本除了有给儿童看的,也有这类能让成人乐在其中的。从那天起,我就开始四处搜寻萨塞克的"This Is..."系列,一共十八本。

那时我还不知道十八本各是以哪个国家的哪个城市为主题,因此每发现一本,就像循着萨塞克的足迹去到了一个新的地方。然后,寻找"This Is..."的旅程也成为我经营二手书店的契机。因为介绍五十年代少有人知的绘本,正是当时经营二手书店的一种崭新形态。

这系列作品中,我最喜欢的是 *This Is New York* 和 *This Is London*,而找得最辛苦的则是 *This Is United Nations*。

萨塞克在每册绘本的最后一页都有留言,他挥着手对读者说"各位,后会有期",便踏上了下一段旅程。

This is books / Miroslav Sasek / W.H.Allen / 1959 年～

087 "坂口米果店"的京锦礼盒

我平常吃零食一定吃米果,霰饼也不错。不过话说回来,究竟有多少人了解米果跟霰饼的差别呢?米果的原材料是粳米也就是蓬莱米,而霰饼则是用糯米做的。那么,另一种叫作"御欠"的米果跟霰饼又有什么区别?之所以叫霰饼,是把碎米饼在锅里翻炒时的声音就像下霰一样;据说比霰饼大一些的就是"御欠"。顺带一提,正月时的镜饼[*1]供奉完后人们便会敲碎切开,用手分着吃,叫作"欠饼",而晒干保存的欠饼跟大块的霰饼差不多,较大块的霰饼就被另称为"御欠"了。"御欠"这种说法是京都方言。我喜欢米果跟霰饼,因此对这些杂学冷知识特别熟悉。

"坂口米果店"的"一口霰饼"是包括十几种不同口味的小霰饼礼盒,也是我必备的一种零食,每次必买,家里随时都有,从不缺货。而送礼的话我会选京锦礼盒。满满一盒的海苔卷米果令人震撼,口味当然更是没话说。吃过这家的海苔卷米果,才会真正体会到这的确是从寿司海苔卷演变而来能长期保存的食品。

坂口米果店的包装设计由型绘染[*2]的国宝级人物芹泽銈介主持,包装纸、商标、字体都保留了日本传统审美与工艺。

*1 日本新年时,用来供俸神灵的米制糕饼(也可视为年糕或麻糬)。(译注)
*2 将图案画在纸上做成纸模印染在布或纸上。(译注)

088 Walter Bosse 的蛋架

吃着在东伦敦斯毕塔菲尔德市场（Spitalfields Market）跳蚤市场买来的手工覆盆子玛芬，一边漫步在午后的红砖巷（Brick Lane）一带，忽然看到卖玛芬的雀斑女孩从马路那头走过来。我照常向她打招呼："又见面啦。"她没说什么，只是笑了笑跟我擦身而过。而后我到一家小古董行后的咖啡厅歇脚，刚刚在路上巧遇的女孩从厨房里走了出来，这次换她对我说："咦，又见面喽。"我问她："你在这里工作吗？"她说："是啊，这是我开的店。我在店里烤了玛芬拿去跳蚤市场卖。"在她双手搭着的咖啡厅柜台上，我瞥见一个蓝色小熊形状的蛋架。那是件锡釉瓷器作品，只在眼睛的位置开了两个洞，表情看起来反倒透着一种溢于言表的朴实。"这个蓝色小熊真不错。"听我这么说，她便答："很棒吧，还是古董唷！加一颗水煮蛋算你五镑。""有一对吗？"她笑了笑说："还有一个，不过是放在家里自己用，不能让给你，只有这一个，你就将就一下吧！"

离开伦敦后又过了好几年，我才知道这个蛋架是奥地利艺术家 Walter Bosse 的作品，放上水煮蛋后真的很可爱，还是很想要另一个啊，要是她能卖给我就好了。

(089) HAWS 的洒水壶

二十几岁旅居旧金山时，我常会随身带着一个铜制小洒水壶到处走，就像皮包一样。现在想起来真是难为情到冒冷汗，但要问为什么，也说不上来。只是有一天我在市集买了一个洒水壶，走在路上不时有人搭讪："哇！好有品味。""好棒的洒水壶！"拎着它走在路上就总有人打招呼，真是太奇妙了，让人很开心。那时我在旧金山也没什么朋友，因此出门时会得意扬扬随身带着。这样一来，尽管只是小圈子，但我的朋友越来越多，我也成了大家口中随身带着洒水壶的人。

小时候，我很喜欢拿洒水壶对着东西浇水，第一次思考将来的职业时，甚至想过当消防员。直到现在我也会一天想冲好几次澡。

我喜欢英国的 HAWS 洒水壶，莲蓬头洒出的水柱轻柔、淋洒范围适中，真不愧是来自园艺大国英国的产品。提在手上走路时的平衡感也没话说，甚至让我想像以前那样提着出门。如果各位在哪里碰到拎着一个老旧的洒水壶的人，请一定要跟他打声招呼啊。

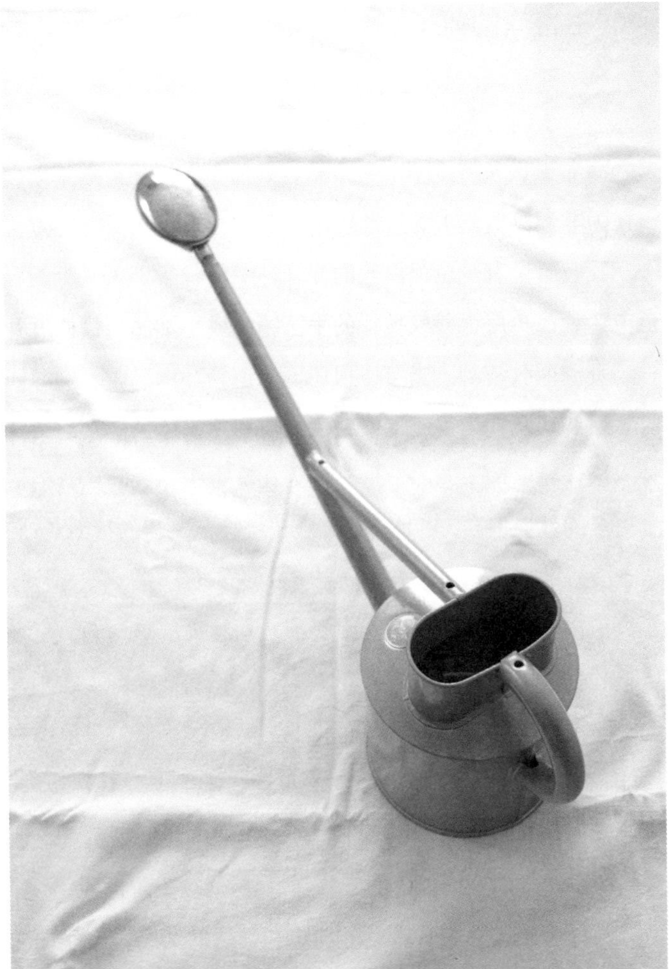

090 祖鲁族的篮子

南非祖鲁族的传统手工艺品多数都令人惊艳,近年来也被视为非洲民俗艺术受到极高评价。

我曾听说有一位祖鲁族的保安,专门收集别人丢弃的彩色电话线,再用祖鲁族独特的手法编织成小饰品,借此展开一场资源回收活动。当年压根还不知道"环保"跟"资源回收"这些概念。祖鲁族保安将废物再利用,运用部落的传统技术制作精美的工艺品,这不但为在贫穷中挣扎的部落创造了更多的就业机会,更是一场拯救传统技艺文化的援助活动。这么美好的事,让我十分感动。

祖鲁族篮子编织出的网眼很细,拿起来沉甸甸的,是很质朴的生活小工具,弄脏了可以直接用水冲洗。

一位台湾阿美族友人曾送我手工编织的小篮,是用绑东西的尼龙绳制作的,橘白两色,我对这篮子十分好奇。"其实原本用的是竹皮和木皮,不过还是尼龙绳更坚固美观。这种编织手法只有我们部落的人才会唷。"他笑着告诉我。

两件手工艺品兼具古老的韵味和创新的美感,而非一味逐新,这才是通往未来之路啊。

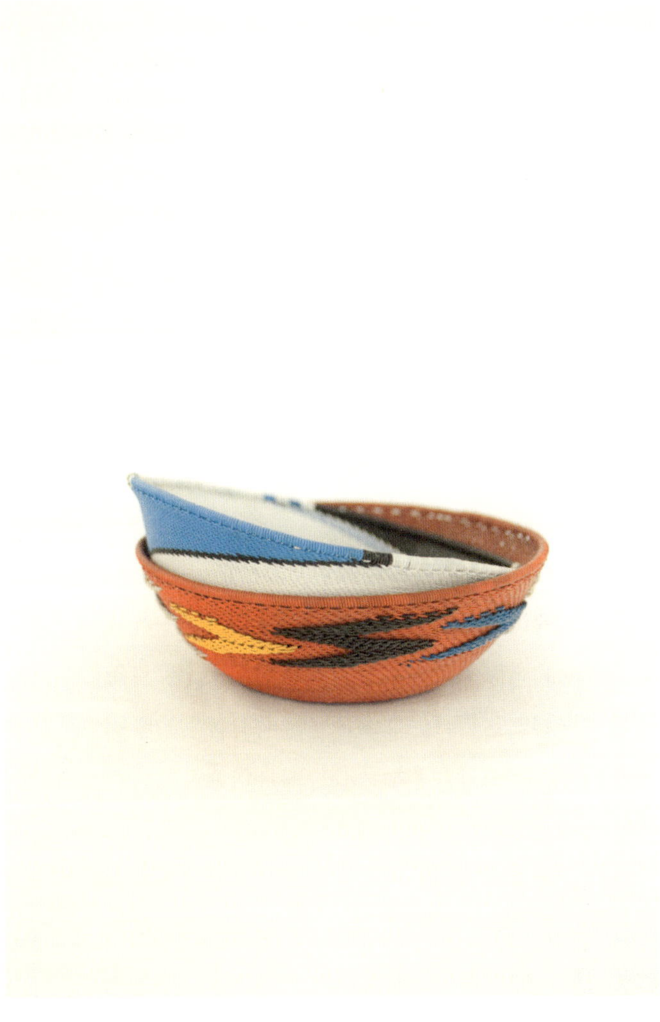

091 阿克曼夫妇的小碗

我去买白衬衫，中意的那一件是加了配色的，三个颜色可选——深蓝色、水蓝色和浅绿色。我不太常买东西，便决定一次买两件，三款放在一起，看上去浅绿色的最美，但我却毫不犹豫地挑了深蓝色跟水蓝色的。

看看我身边，会发现很多东西都是蓝、白色，或水蓝和白搭配的。确实，我最喜欢白色和蓝色的组合，小时候画画我就总画蓝天白云。白云衬托出蓝天，蓝天又映照着白云，我喜欢这种映衬的关系。

白与蓝，想着想着便唤醒了一段记忆——童年时的餐桌。我每天用的饭碗，就是在白底上用蓝色画了一棵松树，那幅蓝白搭配的画深深映入眼帘。现在想起来，那只碗似乎只是随处可见的便宜货，但那幅风景画有着特别的吸引力，几乎每顿饭都边吃边看，非常开心。或许这就是我喜欢蓝白搭配的原因吧。

我在洛杉矶得到一件阿克曼夫妇（Jerome and Evelyn Ackerman）*的早期作品，是一只绵羊外形的小碗。小碗上的蓝白色，恰巧和当年那只饭碗一模一样。

我是真的很喜欢白色跟蓝色啊。

*美国知名艺术家、设计师,上世纪五十年代加利福尼亚现代主义美学运动的先锋。

⑨⁹² 法兰克的登山靴

当我决定穿越约翰·缪尔步道（John Muir Trail）从约塞米蒂国家公园横跨到内华达时，最先想到的就是要请"Murray Space Shoe"的法兰克帮我做一双登山靴。

出发前两个月，我去了旧金山郊区的古因达小镇探访法兰克，想请他做一双登山靴，要防雨防水，每天能在险峻的山路上行走八小时，还要保护双脚不被岩壁和石头弄伤，也不会磨脚。

据说在约翰·缪尔步道上最常出现的状况不是高山反应，而是双脚，不少人都因此半途而废。对我这种体力欠佳又刚入门的登山者来说，即便有再多的状况，最想要避免的就是双脚出问题。

法兰克很高兴地接下订单。我对他寄予极大的信任，每双鞋都由他量身订做。法兰克重新量过尺寸后，放话说会用他毕生的制鞋技术来打造这双靴子。

穿越约翰·缪尔步道真是一场严峻的旅程。抵达后我脱下登山靴，向导看到我的双脚时大吃一惊："走完这么辛苦的一段路，你的脚怎么还和婴儿的脚一样毫无损伤？"法兰克实现了对我的承诺。这双登山靴的形状和我的双脚一模一样。

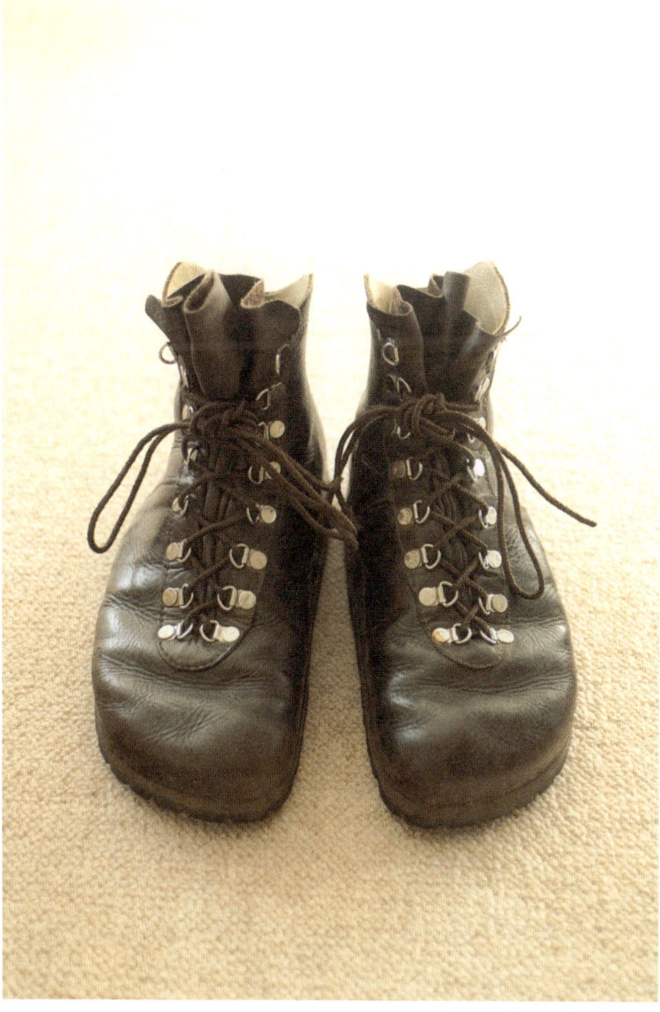

093 *Goodbye Picasso*

我非常喜欢毕加索送给他的摄影师朋友大卫·道格拉斯·邓肯作生日礼物的一幅画。是一幅摄影师拍摄鸟儿的木炭画，鸟儿有蓝的、红的、黄的，摄影师的右手肘高高抬起，镜头对准鸟儿，脖子上挂了好几个测光表，双脚张开，身体前倾，精准地捕捉着飞过来的鸟儿。真是一幅好画。

在邓肯的摄影集中，我最珍爱的一本是 *Goodbye Picasso*，这也是我拥有的唯一一本毕加索作品集。*Goodbye Picasso* 很适合做摄影范本，无论光线、距离、构图，还是掌握拍摄对象的技巧，每次翻阅都会对摄影有新的体悟、新的发现。

当初邓肯受毕加索之托拍摄自己的收藏，有天他在毕加索家中发现一幅蒙了灰尘的自画像。这幅画实在太美了，邓肯深受震动，便想拂掉灰尘拍照，没想到竟擦掉了还没固定的炭粉，画里的一小部分消失了。摄影师吓得脸色发白，提心吊胆地向画家坦诚相告后，对方不但没有任何责备，还邀他一起吃早餐，自此之后，两人的友情愈加深厚。这个小故事，我不知道读了多少遍。

Goodbye Picasso ／ D. D. Duncan ／朝日新闻社／ 1975 年

(094) 立松和平先生

我与立松和平[*1]因上过同一档广播节目而结识，节目中我们各自畅谈在未来会好好珍惜的事物。他当时的话让我铭感五内，甚至改变了我此后的人生。那时，立松先生正长期专注于《道元禅师》，他引用几句道元的训示，也就是"典座教训"[*2]，告诉我仔细地生活、用心过日子是多重要的一件事。我希望能多听听他的见解，便有了再一次见面的机会。"内心的修行，最重要的就在每一天的生活中——无论是料理、打扫还是举手投足，包括规范自身礼节，就在这些稀松平常的日子里。就像道元说的'遍界不曾藏'，真理并不难求，并非要跋山涉水历尽艰辛才能得到。"立松先生深入浅出地解释着道元的训示。"一天，一名典座职的高僧说的'更待何时'点醒了道元。这句话意义深远，此时不做还要等到什么时候呢。你可以当成一句箴言，工作时督促自己。"他用铅笔潇洒地将这两句话写下送给了我。后来我又遇到立松先生好几次，每次他都会告诉我很多道元禅师以及典座教训的训示。

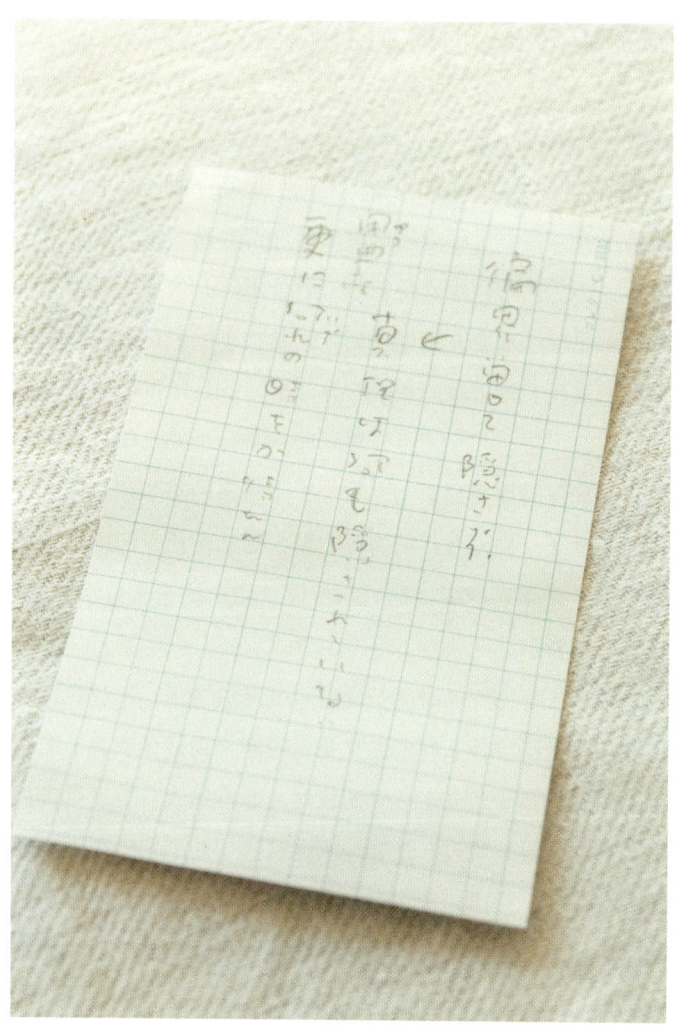

*1 日本小说家,并是知名电视节目主持人。
*2 道元著于 1237 年的关于"食"的名言规范,典座指禅宗寺院中负责大众斋粥的僧人。

095 78年式保时捷911SC

因缘际会，有个朋友把一辆78年式的保时捷911SC转让给了我，他二十年来把这辆车保养得非常仔细，爱惜得不得了。车子的行驶里程是二十三万公里。有人说，里程超过十万公里车子就会开始出毛病，这是换车的最佳时机。我平常开的那辆日产Rasheen才五万公里，就会经常被问还没换吗，这么一想，二十三万公里还能正常行驶的车子真是不简单。这辆保时捷受到原车主夫妇二十年来的悉心照料，就像他们的孩子一样。五年前为了引擎大翻修，还专门把车子送到美国。说起这件事，他们的神情就像送孩子去留学似的，让人不禁莞尔。

很多人都说，保时捷一出故障就麻烦透顶，不过我日常保养和行驶都没什么问题，算是已经磨合到最佳状态了吧！换句话说，孩子独立之后来到我这儿非常健康，表现得也很出色。我从没体验过，开着一辆能反应如此灵敏的车子，是那么愉快的一件事。冠军白的颜色也很棒。此外，还有一名家庭医生似的维修人员接手保养，我就更放心了。现在我待这辆保时捷，就像待自己的弟弟一样疼爱。

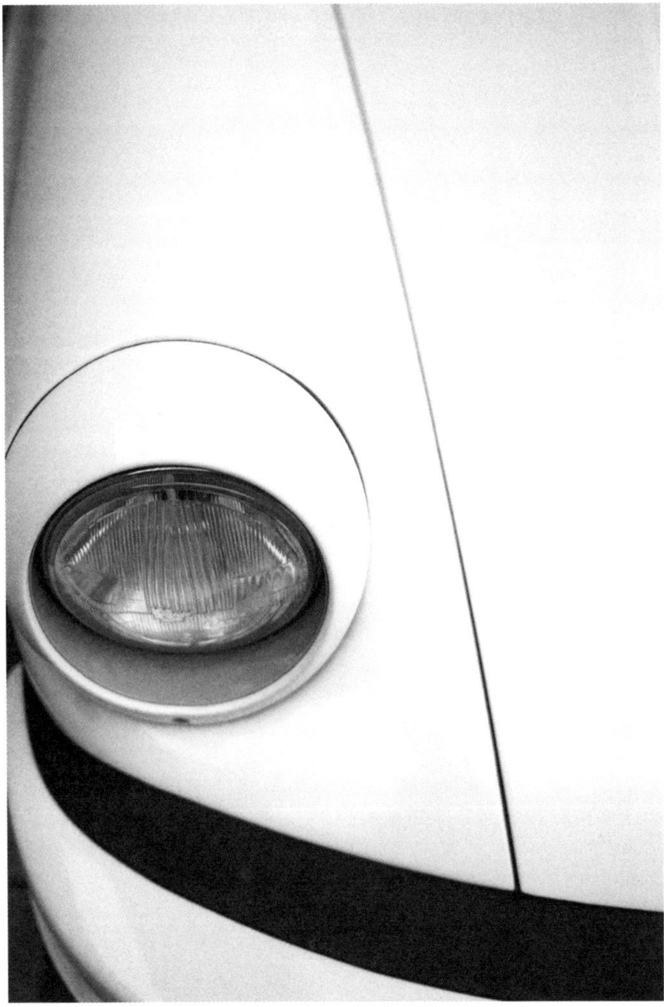

(096) 金惠贞的餐具

金惠贞的餐具我都用来吃早餐,装太阳蛋或色拉,小碗则拿来盛健康谷片。不是午餐、晚餐,而特意在早餐时使用,是因为餐具的细致纹理和柠檬黄的釉药让人不禁想起清爽的早晨。

"梅尔罗斯 & 摩根"(Melrose and Morgan)是伦敦的一家熟食店,在英国时我每星期都会上门报到,百吃不厌。当初我寻找当地美味的早餐,真是好不容易才找到这家店的。那时,我看到路边停着一辆白色卡车,上面用红色大字写着"GOOD MORNING",立刻反应过来那是咖啡馆或餐厅的车,于是上前问司机:"你们店里卖早餐吗?"司机先生亲切地告诉了我餐厅的地址。这种伴随着灵光乍现的大胆搭讪,总能在旅程中为我带来新的邂逅。

我买了自制健康谷片、多谷物色拉、坚果丹麦面包和咖啡。店里的菜色每天不同,挑选当天要吃什么也让人很开心。挑好食物后便会装在黄色的盘子里。

早晨把金惠贞的餐盘摆在餐桌上,我就会怀念起伦敦梅尔罗斯 & 摩根的早餐。在盘子里盛入芝麻菜、帕马森起司片,食材的色彩也被衬托得更加赏心悦目。

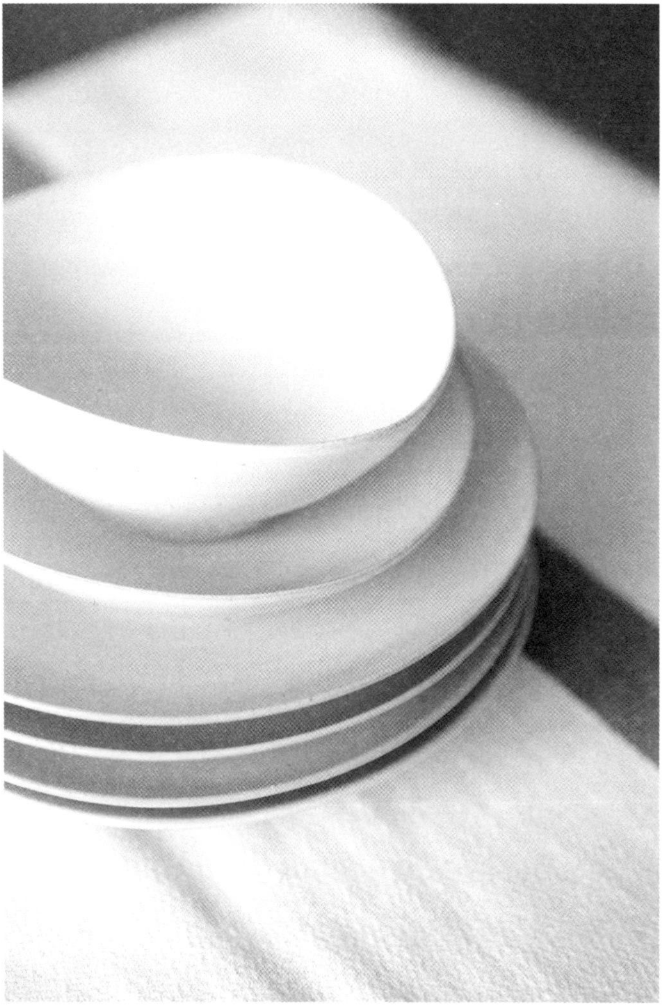

097 午餐袋

我看到美国孩子从褐色纸袋里拿出午餐三明治，他笑眯眯地大快朵颐的那副模样令人难忘，而袋子里的甜点居然是一颗苹果，随手在牛仔裤上蹭一蹭，连皮也不削就啃了起来，那情境简直让人着迷。

美国的便当盒叫"lunch box"，只要是盒子放什么都可以，既然这样，改用袋子好像也不错，所以就出现了午餐袋（brown bag）这种纸制便当袋。"午餐袋"听起来很美国风，那种粗犷的感觉也让人很是心动。

我还记得在旧金山超市里买的第一件东西，就是六个一捆的午餐袋，硬邦邦的牢固的褐色纸袋底部还特别做了设计。把食物装进去卷起袋口，就像一栋三角形屋顶的房子，非常稳定，样子特别可爱，一种温暖的幸福感便在心中荡开。

旧金山教会区彩虹超市（Rainbow Grocery）里的午餐袋的尺寸、质感，以及放进食物后卷起袋口的形状，都是我心目中的第一名。

我很喜欢这种午餐袋，甚至想用它做装饰。

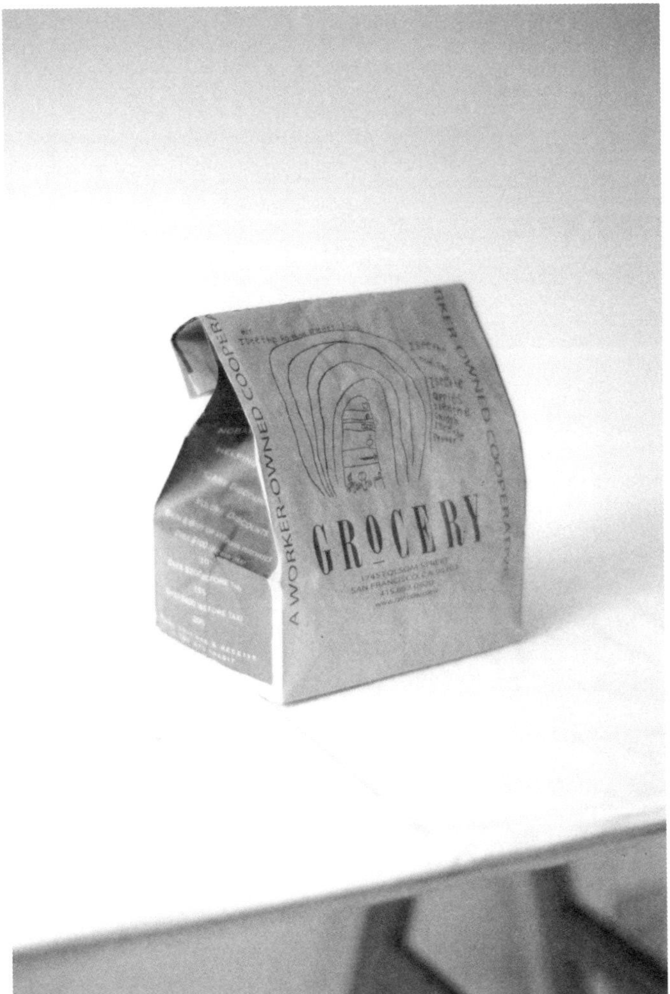
A WORKER-OWNED COOPER
GROCERY

098 有次的桐木柴鱼刨刀

这么多年，每次到筑地市场我都会犹豫要不要买“有次”的桐木柴鱼刨刀，虽然想着总有一天要买一套，却老是下不了决心。熟悉的厨师告诉我，要买就要挑一万元以上的，但找了好几家店，每个小抽屉的木工都不够细致，看了不大喜欢。我也知道，柴鱼刨刀最关键的地方不是木工而是刨刀，但对外行人来说，这些外形上的小细节也很重要。

有次桐木柴鱼刨刀小抽屉的木工简洁素雅，没有特别涂饰，古朴的颜色透出一种清净的感觉，我第一眼就很中意。这款在柴鱼刨刀界算是高档货，自觉配不上，始终无法下决心买回家。话虽如此，每次路过有次店铺就会更想买，最后我跟老天爷约定，买回去后一定会好好保养一辈子、物尽其用。

店家帮我磨了刨刀，还试用了好几回替我调整刨刀的高度。接着还亲切地教了我日常使用和保养的方法，让我很放心。

“咻咻咻”，一旦体会过手工现刨柴鱼的滋味跟香气，那就再也回不去了，原来每天喝的味噌汤竟然可以这么美味！我想，自己绝没有配不上有次的桐木柴鱼刨刀！

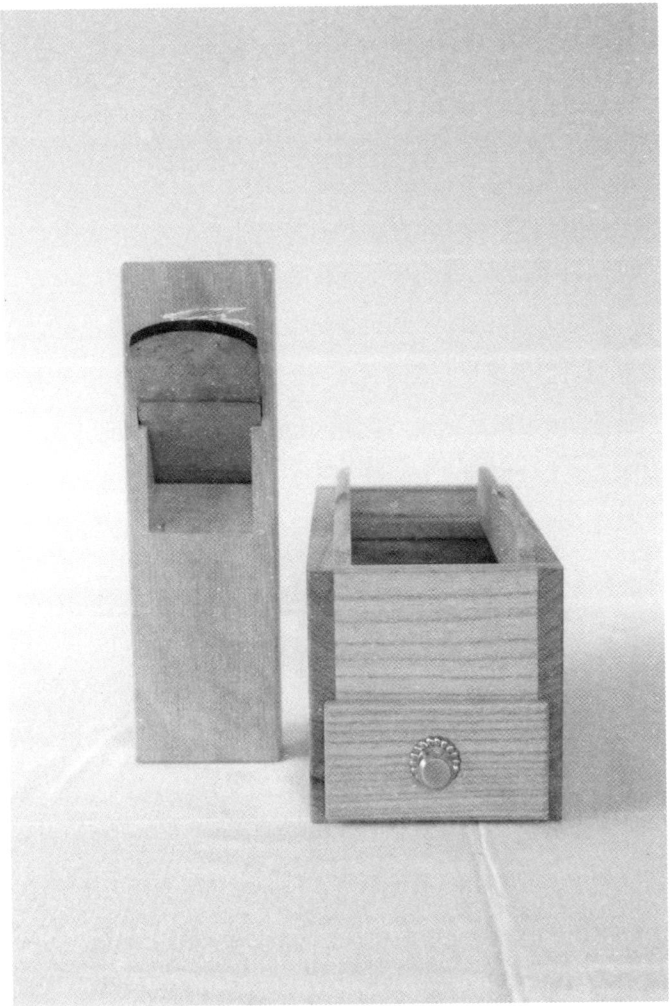

099 年表笔记

和朋友聊天时，谈到如何面对烦恼和困惑，我说认真正视自己的问题很重要，接着坦言把每件事情做成年表很多东西便一目了然了，朋友听了很是吃惊。

例如夫妻吵架，一时的争执在所难免，但还是希望能尽量克制自己的脾气。这时试试列个夫妻年表，就能清楚地看出彼此间无法取代的点点滴滴。任何事情都在时间的洪流中，且不去看每个时间点上的单一事件，用年表的形式来看全貌，人的怒气便顿时消失无踪，取而代之的是满满的感激之情，甚至会潸然泪下。

工作、生活以及人际关系，无论在哪方面感到烦恼或困惑时，不要勉强去找答案，先试着做一做累积到这一刻的年表吧。很奇妙的是，年表在眼前铺展开，心里的想法也会全然不同。

我有好几本年表笔记，还可以兼作失败笔记。每当烦恼困惑侵袭，我都会勇敢地面对，持续记录年表或失败笔记。失败往往比成功更有帮助，我想我不会忘记这个道理。

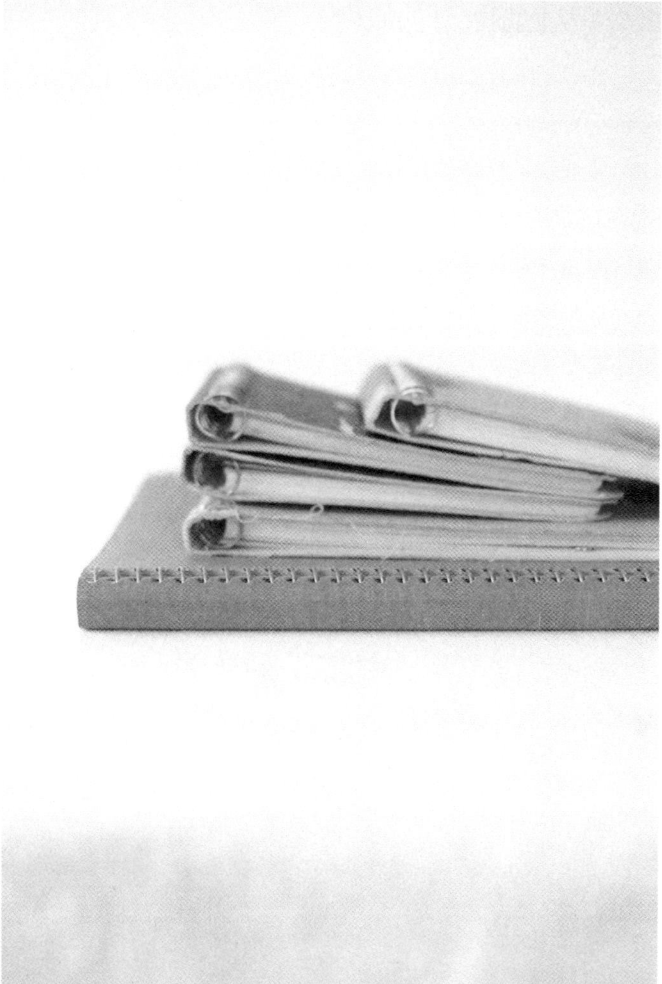

100《从巴黎展开的旅程》

旅程中,有时会意想不到地早起。起床后拉开窗帘,绝佳的街景便在朦胧晨光中铺展开来。我无法压抑心中的好奇,稍做准备就冲了出去。通常异国的清晨,就像童话世界,美丽又充满惊喜,我喜欢随手收集这样的时刻。我曾这样在马赛漫步,大群的海鸥在湛蓝的天空中展翅,宛如一大束白色花朵。闭上眼睛,几幅堀内诚一在旅行中的画作,渐渐温柔地浮上心头。

堀内诚一的很多画,都是我十几岁时旅程的向导。我不自觉地会开心地将许多藏在口袋里的旅行记忆,跟堀内诚一画中的情境交融。我也曾这样走在法国贝尔维尔的小山上。

堀内诚一旅行画对我的影响真是不知有多深。对人类智慧的渴求,把自己带到远方,体会时间的流动,贴近观察历史的造物,融入异国人群的生活,然后酝酿自身的体悟,思考着脚下的道路会延伸到何处,会遇到怎样的风景。

直到现在,我仍在旅行,心里默默想着,会不会在哪里遇见只带着相机、英国旅行社托马斯·库克的时刻表和一把刮胡刀只身走天下的堀内诚一。

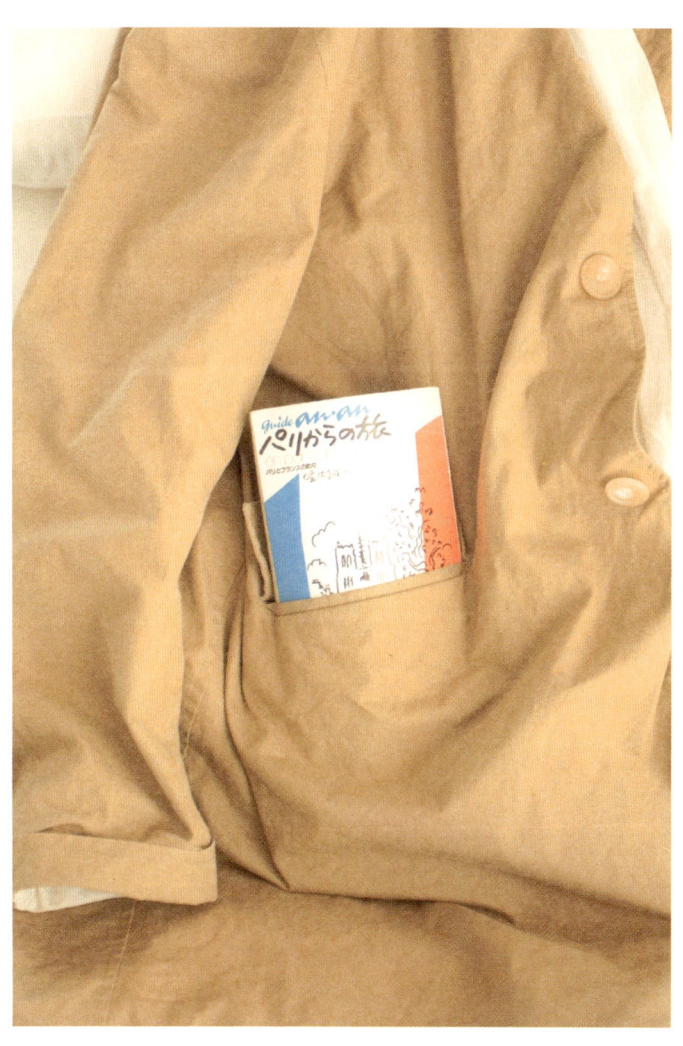

《パリからの旅―パリとフランスの町々》／堀内誠一／平凡出版／1981年

购物资讯
可能购得的商品购物资讯

001	荒木蓬莱堂的轮饰 / 荒木蓬莱堂	
	06-6203-6719　www1.ocn.ne.jp/~arakihrd / p.10	
004	Immuneol / 日本エステル社	
	042-501-1316　www.esters.co.jp / p.16	
	Uka护甲油 / ウカ東京オフィス	
	03-5775-7828　www.uka.co.jp / p.16	
006	"鸣门"与"宇治之友" / 御あられ処 さかぐち	
	03-3265-8601　www.stage9.or.jp/sakaguchi / p.20	
008	Astier de Villatte / オルネド フォイユ	
	03-3499-0140　www.ornedefeuilles.com / p.24	
009	富乐绅的眼镜蛇鞋	
	www.florsheim.com / p.26	
014	minä perhonen piece, 的靠垫 / ミナ ペルホネン	
	03-5793-3700　www.mina-perhonen.jp / p.36	
015	得力牌烤面包机	
	www.dualit.com / p.38	
018	长谷川真美的汤匙 / 長谷川一望斎内　長谷川まみ	
	052-762-7166 / p.44	
021	Le Savon de Marseille / エービーエス	
	045-226-5300　www.savon-online.jp / p.52	
023	汉斯·韦格纳的Y字椅 / カール・ハンセン&サン ジャパン	
	03-3265-4626　www.carlhansen.jp / p.56	
025	Arts & Science 的火柴 / OVER THE COUNTER BY ARTS&SCIENCE	
	03-3400-1009　www.arts-science.com / p.60	
026	渡边木工的面包盘 / もやい工藝	
	0467-22-1822　www. moyaikogei.jp / p.62	

030	迪克森牌的三角铅笔	
	www.dixonusa.com / p.70	
032	旧金山的 Zo Bags / www.zobags.com / p.74	
033	竹叶卷拔毛寿司 / 笹巻けぬきすし総本店	
	03-3291-2570 / p.76	
035	Filofax笔记本 / DKSH ジャパン	
	03-5441-4515　www.filofax.jp / p.80	
036	克莱曼婷・杜普雷的小碗	
	www.clementinedupre.com / p.82	
038	日田市的"目笼" / 森竹細工	
	0973-24-5288 / p.86	
041	玛格丽特・霍威尔的麻质衬衫 / アングローバル	
	03-5467-7811　www.anglobal.co.jp / p.94	
045	中岛乔治的休闲扶手椅 / 桜ショップ銀座店	
	03-3547-8118　www.sakurashop.co.jp / p.102	
046	Le Vésuve的将临圈 / ル・ベスベ	
	03-5469-5438　www.levesuve.com / p.104	
050	茂助糯米丸子 / 茂助だんご	
	03-3541-8730 / p.112	
054	立花英久的塑像 / サボア・ヴィーブル	
	03-3585-7365　www.savoir-vivre.co.jp / p.120	
060	F.A. MacCluer的格子棉衬衫	
	www.famaccluer.com / p.132	
062	松田美乃滋 / ななくさの郷	
	0274-52-6510　www.nanakusanosato.com / p.138	
068	Square Mile Coffee Roasters	

	shop.squaremilecoffee.com / p.150	
069	汤姆·布朗的衬衫 / ステディ スタディ	
	03-5469-7110　www.thombrowne.com / p.152	
070	春口竹鹿 / ミヤサ模型	
	0742-23-7384 / p.154	
075	丽莎·拉森的花瓶 / パワーショベル	
	03-5457-3088　www.lisalarson.jp / p.164	
078	RIMOWA的经典款TOPAS / 林五	
	06-6243-7676　www.hayashigo.co.jp / p.170	
079	再生针织连指手套 / Northland WOOLENS	
	www.northlandwoolens.com / p.172	
080	成田理俊的烛台 / 成田理俊	
	090-2932-4548　studiotint.exblog.jp / p.174	
082	马克杯 / カウブックス	
	03-5459-1747　www.cowbooks.jp / p.180	
084	竹虎堂的茶壶 / 竹虎堂	
	075-561-2751 / p.184	
085	编织椅垫 / もやい工藝	
	＊参照026资讯。/ p.186	
087	"坂口米果店"的京锦礼盒 / 御あられ処 さかぐち	
	＊参照006资讯。/ p.190	
089	HAWS的洒水壶 / メイストーム	
	03-3430-3314　www.maystorm.jp / p.194	
090	祖鲁族的篮子 / BIRDS ROOM	
	shop.lesoiseaux.co.jp / p.196	
092	法兰克的登山靴 / MURRAY SPACE SHOE	

	www.murrayspaceshoe.com / p.200
096	金惠贞的餐具 / キム・ヘジョン
	potspots.com / p. 208
098	有次的桐木柴鱼刨刀 / 有次
	03-3541-6890　www.aritsugu.jp / p.212

* 本书照片中之物品皆为作者私人用品，设计、材质可能与现有商品有所不同。

以上为2011年10月日本当地购物资讯。书中部分商品在中国也可购得，敬请上网查询最新资讯。

著作权登记图字：01-2015-2030

ZOKU HIBI NO 100
© Yataro Matsuura 2011
Originally published in Japan in 2011 by Aoyama Publishing Co., Ltd.
Chinese (Simplified Character only) translation rights arranged with NEOTERIC Inc.
through TOHAN CORPORATION, TOKYO.
All rights reserved.
本简体中文版翻译由台湾远足文化事业股份有限公司／一起来出版授权。

图书在版编目(CIP)数据

恋物物语／(日) 松浦弥太郎著；叶韦利译.—北京：新星出版社，
2016.4
ISBN 978-7-5133-1975-1

Ⅰ.①恋… Ⅱ.①松…②叶… Ⅲ.①散文集－日本－现代
Ⅳ.①I313.65

中国版本图书馆CIP数据核字(2016)第027084号

恋物物语
(日) 松浦弥太郎 著　叶韦利 译

责任编辑	汪　欣
特邀编辑	侯晓琼　王　依
装帧设计	韩　笑
内文制作	田晓波
责任印制	廖　龙
出　　版	新星出版社　www.newstarpress.com
出 版 人	谢　刚
社　　址	北京市西城区车公庄大街丙3号楼　邮编 100044
	电话 (010)88310888　传真 (010)65270449
发　　行	新经典发行有限公司
	电话 (010)68423599　邮箱 editor@readinglife.com
印　　刷	北京国彩印刷有限公司
开　　本	850mm×1168mm　1/32
印　　张	7
字　　数	80千字
版　　次	2016年4月第1版
印　　次	2016年4月第1次印刷
书　　号	ISBN 978-7-5133-1975-1
定　　价	49.00元

版权所有，侵权必究；如有质量问题，请与发行公司联系调换。